KB097728

은유

글 쓰는 사람. 일하는 사람들이 글을 써야 세상이 좋아진다는
믿음으로 여기저기 글쓰기 강연과 수업을 진행하며
사회적 약자들의 목소리 내는 일을 돕고 있다. 글쓰기 책
『글쓰기의 최전선』『은유의 글쓰기 상담소』, 산문집『올드걸의
시집』『싸울 때마다 투명해진다』『다가오는 말들』『해방의 밤』,
인터뷰집『폭력과 존엄 사이』『출판하는 마음』『알지 못하는
아이의 죽음』『있지만 없는 아이들』『크게 그린 사람』 등을 썼다.
@eunyu_metaphor

쓰기의 말들

쓰기의 말들

안 쓰는 사람이 쓰는 사람이 되는
기적을 위하여

은유 지음

유유

프롤로그

열린 출구는 단 하나밖에 없다.
네 속으로 파고 들어가라.
—에리히 케스트너

I

나는 글쓰기를 독학으로 배웠다. 처음부터 쓴다는 목적을 가진 건 아니었다. 시작은 읽기였다. 그러니까 독학이 아니라 독서였다. 철학 책이나 시집, 평론집에 주로 손이 갔다. 공통점이 있다. 한 페이지를 읽으면 한두 개씩 밑줄 긋고 싶은 황금 같은 문장이 나오는 책들이다. "그대 잃을 것은 쇠사슬뿐이고 얻을 것은 세상이다. 만국의 노동자여 단결하라." 『공산당 선언』의 문장은 이상하게 가슴을 뜨겁게 달구었다.

"그대가 사랑을 하면서 되돌아오는 사랑을 불러일으키지 못한다면, 다시 말해서 사랑으로서의 그대의 사랑이 되돌아오는 사랑을 생산하지 못한다면, 그대가 사랑하는 인간으로서의 그대의 생활 표현을 통해서 그대를 사랑받는 인간으로서 만들지 못한다면 그대의 사랑은 무력한 것이요, 하나의 불행이다."

마르크스가 스물다섯 살에 쓴 『경제학-철학 수고』 끄트머리에 숨어 있는 이런 문장은 크나큰 매혹으로 다가왔다. 나의 생활 표현으로 나를 사랑받는 인간으로 만들라니! 이건 글과 삶의 일치를 추구하라는 요청이 아닌가. 그럴 수만 있다면 그러고 싶었다. 나는 마르크스를 혁명가나 철학자이기 전에 세상과 인간에 대한 통찰이 담긴 지적인 말들을 생산하는 문장가로 흠모했다.

최승자의 시집은 상대적이며 절대적인 감정의 백과사전이었다. "동의하지 않아도 봄은 온다"(「봄」)라는 시구로 매년 봄을 맞았고, "이상하지, 살아 있다는 건, 참 아슬아슬하게 아름다운 일이란다"(「20년 후 ㅊ에게」)라는 시구를 다이어리 첫 장에 써 놓고 이십 대 발밑의 불안을 견뎠다. "상처받고 응시하고 꿈꾼다"라는 시인의 말은 야릇한 열망을 자아냈다. 감상주의에 치우쳐 쉽게 연민하고 쉽게 슬퍼했다. "우리가 그녀의 외침을 듣지 못하는 것은, 우리가 듣고 싶어 하지 않는 귀를 가진 까닭이다"(「無題1」) 같은 시구는 요즘에야 눈에 든다.

문학 평론가 김현의 지적인 글은 감성과 이성의 균형을 잡아 주었다. 좋은 문장은 "제스처의 왕성함"보다 "감정의 절실함"에서 나온다는 것, "삶의 구체성보다 전언의 추상성에 너무 매달리"는 문장은 옳지 않다는 것을 배웠다. 이 덕분에 장식적인 문장, 곧 "말들의 긴장 관계가 느슨한 문장"에 더 이상 미혹되지 않을 수 있었다. "나는 내가 쓰고 싶은 글을 썼을 뿐이며, 남들도 다 쓸 수 있는 글들을 쓰는 것을 삼갔을 따름이다."『행복한 책읽기』에서 만난 김현의 고백은 부끄럽고 초라해도 자기 색깔을 만들어 가도록 등 두드려 주었다. "단단한 지반이라고 생각된 것이 거짓 지반이라는 것이 밝혀지면, 세상의 검은 심연이 보이기 시작한다" 같은 글귀는 세상엔 내가 모르는 비밀이 너무도 많다는 확신을 주었다. 계속 책을 파고들 이유가 생긴 것이다.

나는 책을 좋아하는 것 치고는 소설을 많이 읽지 않았는데 사람들이 왜 소설을 안 보냐고 물으면 "분량 대비 건질 문장이 없다"라는 말을 뻔뻔스럽게 늘어놓곤 했다. 다독가라기보다 문장 수집가로, 서사보다 문장을 탐했다. 우표 수집가가 우표를 모으듯 책에서 네모난 문장을 떼어 내 노트에 차곡차곡 끼워 넣었다.

2

읽기에서 쓰기로 전환은 우연히 일어났다. 자유 기고가로 '글밥'을 먹게 됐다. 문예창작과나 국문과, 신문방송학과 졸업생이 아니고(사람들은 늘 내게 전공을 물었다) 책 읽는 생활인인 나는 살짝 긴장했다. 별도의 창작 훈련 과정을 거치지 않았고 작법을 몰랐다. 글쓰기가 어렵지는 않지만 그냥 쓰지 않고 잘 쓰고 싶었다. 내가 모은 빛나는 문장들처럼 '놀랄 만한' 문장이 내 글에도 한두 개쯤 박혀 있길 욕망했다. 아니, 그래야 글이었다.

　글쓰기를 좋아하는 것과 글쓰기로 돈을 버는 것은 다른 세계의 일이다. 글과 돈은 교환된다. 교환 가치 없는 글은 버려진다. 하자 없는 글을 완제품으로 발주처에 납품해야 하는 의무가 생겼다. 돌다리를 두드리는 심정으로 틈틈이 서점을 찾았다. 글쓰기 관련 책을 뒤적였다. 내가 쓰는 글이 맞는지, 문법에 오류는 없는지, 구성은 괜찮은지, 주제는 어떻게 담아내는지 점검했다. "동사가 약한 단어의 조합이 엉성하면 문장은 산산이 부서진다", "표현력은 단어와 단어의 연결을 정확히 아는 것이다", "도라지 백 뿌리를 심는다고 산삼 한 뿌리가 나올 수 없다" 같은 참조할 만한 문장을 메모했다. 반복적으로 쓰기만 한다고 필력이 길러지는 게 아니란 걸 받아들였다. 내 마음 나도 모르겠고 원고를 어서 끝내고만 싶고 그래서 애매한 표현 뒤로 숨으려 할 때는 "솔직할 것, 정확할 것, 숨김없이 투명하게 보여 줄 것, 모호하게 흐려선 안 된다" 같은 타협 없는 문장을 떠올리며 한 번 더 글과 씨름했다.

　"저는 늘 제가 뛰는 모습을 한 번도 본 적이 없는 사람이 관중석에 적어도 한 명은 있다는 생각을 해요. 그 사람을 실망시키고 싶지 않았습니다." 윌리엄 진서의 『글쓰기 생각쓰기』에서 본 이 문장이 머릿속을 떠나지 않았다. 글 쓰는 자세를 고쳐 주었다. 사실 비매용 기업체 정기 간행물은 독자가 분명치 않다. 독자의 피드백이 거의 없다. 요구되는 수준은 '웬만큼'이다. 그래도 내 글을 누군가 한 사람은 반드시 본다는 마음으로 공을 들였고, 그 글을 거짓말처럼 알아보는 사람이 있었고, 그들의 신망을 얻어 글 쓰며 생활하는 기반을 닦을 수 있었다.

문필 하청 업자의 시간은 빠르게 흘렀고 나만의 문장 노트가 수십 권 쌓였다. 문장과 문장 사이에서 퇴적 풍화 작용이 일어난 걸까. 어느 순간이 되자 나는 '다른 글'을 쓰고 싶어 몸이 달았다. 내 몸에 투입되는 문장과 내 몸이 산출하는 문장의 간극을 견딜 수 없었다.

"나는 한동안 무책임한 자연의 비유를 경계하느라 거리에서 시를 만들었다. 거리의 상상력은 고통이었고 나는 그 고통을 사랑하였다. 그러나 가장 위대한 잠언이 자연 속에 있음을 지금도 나는 믿는다." 기형도의 시집 『입 속의 검은 잎』 '詩作 메모'는 나를 책상 바깥으로 내몰았다. 삶의 구체성을 벗어난 무책임한 비유가 아닌 일상의 구석까지 훑어 내는, 삶의 무자비와 세계의 인식 불가능성을 순순히 인정하는 진짜배기 글을 쓰고 싶었다. "이곳에서 너희가 완전히 불행해질 수 없는 이유는 신이 우리에게 괴로워할 권리를 스스로 사들이는 법을 아름다움이라 가르쳤기 때문이다"(「포도밭 묘지2」)라는 기형도의 시구는 불행한 세상에서 불행에 지지 않고 불행과 대결하며 살기 위해서는 글을 쓰지 않으면 안 되는 이유를 설명해 주었다.

"어떤 사람을 아는 사람은 희망 없이 그를 사랑하는 사람뿐이다"라는 벤야민의 문장은 모순과 분열로 가득한 내면의 탐사를 재촉했다. "작가가 하는 일은 사람들을 자유롭게 하고 사람들을 흔들어 놓는 일입니다. 공감과 새로운 관심의 길을 열어 주는 것입니다"라는 수전 손택의 말은 인간을 억압하는 규범과 도덕으로 꽉 짜인 세상에서 어떻게 글쓰기로 존재의 숨통을 뚫을 것인가, 자아의 우물을 벗어나 인정의 하늘 아래로 모이게 하는 글을 쓸까를 고민하게 했다. 읽으면 읽을수록 쓰기를 자극했다. 독서가 독학으로 무르익으며 내가 읽은 모든 문장이 쓰기의 말들로 다가온 것이다.

3

니체의 이야기를 해야겠다. 나의 문장 스승은 크게 둘로 나뉜다. 니체와 다른 작가들. 니체는 뜻도 모르고 읽었고 이해하지 못한 채로 빠져들었다. 얼마든지 그럴 수 있다. 다른 철학 책과 달랐다. "논증이나 사변과는 거리가 멀고 문학 작품과도 같이 암시와 은유적 서술, 생략, 파격적 구문 등으로 생동"하는 니체의 글에 도취된 나는 충동적으로 '은유'라는 필명을 지었다.

니체의 문장은 사납지만 예리했다. 통찰이 빛났다. "힘든 노동을 좋아하고 신속하고 새롭고 낯선 것을 좋아하지만 너희들 모두는 너희 자신을 제대로 감당하지 못하고 있다. 너희들이 말하는 근면이라는 것도 자신을 잊고자 하는 도피책이자 의지에 불과하다"라는 니체의 말에 속내를 들킨 듯 움찔했다. 니체는 "도덕은 지금까지 삶을 가장 심하게 비방하는 것이었고, 삶에

독을 섞는 것이었다"라고 일갈한다. 근면이 도피책이고 도덕이 독이라는 것이다.

나는 당황했다. 착한 딸, 좋은 엄마, 좋은 며느리의 도덕에 결박당해 시들어 간 청춘, 스스로 부과한 도덕적 책무를 이고 지고 사느라 삶을 사막으로 만들어 버린 낙타 같은 날들이 스쳤다. 정확한 뜻과 맥락을 파악할 수는 없었지만 구절마다 니체는 도발했다. 갈피마다 행간마다 섬세하면서도 격정적인 문체, 상징적인 잠언과 비유와 모순을 내포한 겹의 언어가 춤을 추고 있었다. 가치 전복의 말, 시대의 도덕이 아닌 네 본성에 충실하라는 생의 의지를 고양시키는 해방의 말, 폭포처럼 떨어지는 아포리즘은, 그대로 시였다.

"고뇌하는 모든 것은 살기를 원한다." 아, 이거였구나! 아이들 둘 키우고 집필 노동하면서 거기다가 공부 좀 해 보겠다고 설치다 보니 등골이 휘는, 나의 존재론적 뒤척임은 살기 위한 몸부림이었을까. "공손함이 아니라 거친 불경함이 지배하는" 냉수처럼 정신 번쩍 들게 하는 사유와 문체에 나는 길들여졌다. 니체의 문장이 삶과 글의 기준이 되었다. 한 존재가 오롯이 드러나는, 때로 거만하고 때로 익살스러운 때로 진지한 입체적인 글을 읽고 났더니 밋밋한 글은 성에 차지 않았다. 삶을 떠난 빈 글을 경계하게 되었다.

사실 니체가 없었더라면 독학으로써 글쓰기도 불가능했을 것이다. "나는 다양한 길과 방법으로 나의 진리에 이르렀다"라고 말한 니체는 "행동하는 자만이 배우기 마련이다"라며 그러므로

"모두가 가야 할 단 하나의 길이란 아예 존재하지 않는다"라고 단언했다. "자기만의 길을 가는 이는 누구와도 만나지 않는다"라는 니체의 말은 '나는 너무 뒤처진 게 아닐까' 비관하는 늦깎이 작가에게 자기만의 보폭으로 길을 가도록, 자기만의 목소리를 찾아가는 글을 쓰도록 힘을 실어 주었다. 니체의 문장이라는 연료를 넣은 덕분에 나의 글쓰기는 휘청일지언정 멈추지 않을 수 있었다.

4

"쓴다는 것, 써야 한다는 생각이 없었더라면 내 삶은 아주 시시한 의미밖에 갖지 못했으리라는 것, 어쩌면 내 삶이라는 것도 존재하지 않았으리라는 것"(최승자, 「워드프로세서」)이라고 말하게 된 즈음이다. 난 글쓰기 수업을 시작했다. 강의안 작성에 공을 들였다. 아는 건 다 퍼 준다는 원칙에 입각했다. 서너 페이지짜리 강의안 맨 마지막에는 '오늘의 문장들'을 제공했다. 건빵에 들어 있는 별사탕처럼 그간 내가 글 쓸 때 도움 받은 좋은 문장들을 보너스로 끼워 넣었다. 이런 문장이다. "하고 싶은 일에는 방법이 보이고 하기 싫은 일에는 핑계가 보인다." 이걸 읽어 주면 학인들은 까르르 웃었다. 긴말이 필요 없다. 과제를 꼭 하자는 뜻을 잘 알아챘다. 난이도 높은 문장도 넣는다. "인식에 이르는 길 위에서 그렇게 많은 부끄러움을 극복할 수 없다면 인식의 매력은 적을 것이다." 니체의 말이다. 이걸 읽어 주면 작은 탄성이 새어 나왔다. 다음 시간에는 자기 글이 몹시도 초라하여 글쓰기를 포기하고 싶었는데 이 문장이 떠올라 부끄러움을 무릅쓰고 과제를 했다는 간증이 나오기도 했다.

문장의 힘이 무엇일까. 나는 문장 단위로 사고한 덕에 직관이 길러졌다. 내가 그랬듯이 다른 이들도 한 줄 '문장'에 즉각 반응했다. 참 신기했다. 수업 시간에 내가 하는 잔소리가 땅볼처럼 굴러가는 지리멸렬한 공이라면, 훌륭한 작가의 한 줄 문장은 깨끗하게 담장을 넘는 힘찬 홈런 볼이었다. 그 말들은 저마다 부드러운 곡선을 그리며 마음의 울타리 안으로 쏙 들어갔다.

글쓰기는 오직 글쓰기 자체를 목적으로 한다. 글을 써야 하는 이유가 한 가지라면 글을 쓰지 말아야 하는 이유는 백여덟 가지다. 상황에 따라 백팔 번뇌로 살아난다고 할까. 배고파서, 힘들이서, 졸려서, 바쁘니까, 막혀서, 우울해서, 약속 있이서, 막막해서, 하루 남았으니까…… 이 책에는 이럴 때 펼쳐 보면 마음 다잡기 좋은 문장을 추렸다. 내 수첩에, 노트에, 파일에, 마음에 저장된 말을 다 꺼내 놓고 옥석을 가렸는데 이왕이면 아름다운 문장으로 택했다.

"마르크스는 내 문제를 해결해 주지 않는다. 그렇지만 마르크스를 읽으면 스스로의 문제를 자기 손으로 해결해야 한다는 것을 깨닫게 된다"라고 우치다 타츠루는 말했다. 이 책에 나오는 문장들이 그렇다. 쓰기의 말들은 글쓰기에서 닥친 문제를 바로 해결해 주지는 않지만 도망갈 곳이 없음을, 자기 손으로 써야 한다는 것을 지속적으로 속삭인다. 문학 평론가 황현산이 어느 인터뷰에서 한 재미난 표현을 빌리자면, 빨리 쓰기 시작해야 글을 쓰기 전까지 생각하지 못했던 것이 긴장한 가운데 생각나고 글이 글을 물고 나온다는 것, 그 엄정한 사실에서 시작하고 끝나는 이야기를 문장마다 곁들였다. 108배처럼 곡진한 반복 진술이다. 쓰기의 문장들은 서로 충돌하는 내용을 담고 있기도 하다. 그러나 글쓰기가 막히는 상황을 돌파할 수 있는 저마다의 진실값을 갖고 있다고 나는 생각한다.

자고 나면 한 세계가 허물어지는 재난 시대다. 세계를 지배하는 원리가 바뀌지 않는 한 재난의 일상화는 예고된 일처럼 보인다. 돌이켜 보면 사회의 불의와 참상이 극에 달할 때 인간은 글을 쓰며 존엄을 지켰고 최고의 작품을 낳았다. 평범한 내 인생도 그랬다. 내 삶은 글에 빚졌다. 예고 없는 고통의 시간대를 글을 붙들고 통과했다. 크게 욕망한 것 없고 가진 것 없어도 글쓰기 덕에 내가 나로 사는 데 부족이 없었다고 생각한다. 어느 학인은 지독히도 삶에 휘둘렸던 자기 체험을 글로 정리하고 나서 이렇게 말했다. "글을 쓴다는 것은 고통에 품위를 부여해 주는 일이네요." 그 말이 뭉클했다. 조지 오웰이 바랐던 "보통 사람들의 생래적 창조성과 품위가 발현되는 세상"을 글쓰기가 돕는다고 믿고 싶어졌다.

모두가 글을 쓰고 싶어 하지만 누구나 글을 쓰지는 못한다. 인간을 부품화한 사회 현실에서 납작하게 눌린 개인은 글쓰기를 통한 존재의 펼침을 욕망한다. 그러나 쓰는 일은 간단치 않다. 글을 써야지 써야지 하면서 안 쓰고 안 쓰고 안 쓰다 '글을 안 쓰는 사람'이 되어 수업에 왔다는 어느 학인의 자기소개가 귓전을 울린다. 이 책이 그들의 존재 변신을 도울 수 있을까. 글을 안 쓰는 사람이 글을 쓰는 사람이 되는 기적. 자기 고통에 품위를 부여하는 글쓰기 독학자의 탄생을 기다린다. '쓰기의 말들'이 글쓰기로 들어가는 여러 갈래의 진입로가 되어 주길, 그리고 각자의 글이 출구가 되어 주길 바라는 마음이다.

2016년 여름에, 은유

차례

글쓰기는 나쁜 언어를 좋은 언어로 바꿀
가능성을 대변한다.

―――――――

데이비드 실즈

미련하게 잘도 참았네요. 첫 아이를 낳는 날, 산통이 시작되어 병원에 갔을 때 의사가 몸속에 손을 쑥 집어넣더니 한 말이다. 산도가 십 센티미터 열려야 태아가 나오는데 벌써 절반이 열렸단다. 초산은 산모들이 너무 일찍 와서 탈인데 나는 많이 참다 온 특이한 경우라고 했다. 살던 집을 팔아야 한다는 사실을 뒤늦게 알았을 때 주위에서 동정 섞인 핀잔을 들었다. '어떻게 몰랐냐', '쯧쯧쯧, 미련하다' 같은 말들. 그러니까 미련은 내게 익숙한 삶의 태도였던 것 같다. 핸드폰이 없던 시절에도 친구와 약속을 하면 전봇대처럼 그 자리에서 한 시간이고 두 시간이고 마냥 기다리곤 했으니까.

살다 보니 때를 놓친 것, 사라져 버린 것, 엉망이 되어 버린 것, 말이 되지 못하는 것이 쌓여 갔다. 자주 숨이 찼다. 참을 인자로 가슴이 가득 찰수록 입이 꾹 다물어졌다. 토사물 같은 말을 쏟아 내긴 싫었던 것 같다.

미국의 소설가 데이비드 실즈가 자기는 말을 더듬기 때문에 작가가 되었다는데 나는 미련해서 글을 쓰게 된 것 같다. 글쓰기는 나만의 속도로 하고 싶은 말을 하는 안전한 수단이고, 욕하거나 탓하지 않고 한 사람을 이해하는 괜찮은 방법이었다. 진흙탕 같은 세상에서 뒹굴더라도 연꽃 같은 언어를 피워 올린다면 삶의 풍경이 바뀔 수도 있다는 것, 미련이 내게 준 선물이다.

행동하는 자만이 배우기 마련이다.

_____

프리드리히 니체

002

글쓰기를 수영에 비유하는 글을 읽었다. 수영을 못하는 나는 눈이 번쩍 뜨였다. 요점은 이랬다. 수영 초보자는 물에 대한 두려움이 커서 손발에 힘이 들어가고 가라앉는데 물에 몸을 맡기고 편안한 마음을 가지면 수영을 할 수 있다며, 글도 마찬가지라고 했다. 힘 빼고 자기 생각을 펜에 맡기면 글을 쓸 수 있다는 것이다. 그럴듯했다. 그런데 여기에는 '누구나 마음먹은 대로 할 수 있다'는 전제가 깔려 있다. 난 그렇게 보지 않는다. 물에 들어가면 몸이 알아서 굳는다. 두려움은 의지로 퇴치되지 않는다. 글쓰기도 마찬가지. 펜을 든다고 생각이 술술 흘러나오는 경우는 드물다. 내가 무슨 생각을 하는지 몰라 어렵고, 그 어수선한 생각의 파편을 보자니 괴롭다.

내 식대로 수영을 글쓰기로 번역해 본다. 수영장 가기(책상에 앉기)가 우선이다. 그다음엔 입수하기(첫문장 쓰기). 락스 섞인 물을 1.5리터쯤 먹을 각오하기(엉망인 글 토해 내기). 물에 빠졌을 때 구해 줄 수영하는 친구 옆에 두기(글 같이 읽고 다듬기). 다음 날도 반복하기.

모든 배움의 원리는 비슷하지 않을까. 결심의 산물이 아닌 반복을 통한 신체의 느린 변화라는 점에서 말이다. 펜을 움직여야 생각이 솟아나는 것처럼, 물속에서 팔다리를 부단히 움직이면 나도 수영을 배울 수 있을 텐데, 물에는 가지 않고 이렇게 책상에만 앉아 있다.

글을 쓰지 않고도 살 수 있을 거라
믿는다면, 글을 쓰지 마라.

라이너 마리아 릴케

003

해사한 얼굴의 선남선녀들이 글 공부하겠다고 형광등 불빛 아래 모여 있는 풍경은 늘 애잔하다. 저 청춘들이 연애, 학업, 생계가 다 순조롭다면 여기에 왜 와 있겠는가 하는 생각. 과한 오지랖인 걸 알면서도 어쩌지 못하고 말한다. 여러분이 행복해지거들랑 잡지 않을 테니 수업에 오지 말라고. 장난처럼 말하지만 진심이다.

나를 본다. 비교적 생활이 안정된 시기의 글쓰기 욕망은 순했다. 영화나 책 읽기 같은 문화 생활 향유의 후기였다. 쓰면 좋지만 안 써도 무방한 글. 향유의 글쓰기. 내가 글을 부렸다. 생활의 기반이 흔들리고 시야가 뿌옇게 흐려지면서 쓰지 않으면 안 되었다. 릴케의 표현을 빌리자면, "글을 쓰지 않으면 내가 소멸될 게 분명했다." 생존의 글쓰기. 글이 나를 쥐었다.

발밑이 흔들릴 때 본능적으로 두 팔을 벌려 수평을 유지하듯이 불안의 엄습이 몸을 구부려 쓰게 했다. 글쓰기는 내가 지은 긴급 대피소. 그곳에 잠시 몸을 들이고 힘을 모으고 일어난다. 이십 대의 젊음은 회복이 빠를 것이라 믿으니 나는 그들에게 주저 없이 말한다. 어서 쓰고 어서 나가라고, 저 햇살 속으로.

간절하게 원하면 지금 움직이세요.

노희경

004

그때 나는 민주언론시민운동연합에서 진행하는 노희경 작가와의 만남에 참석했다. "선인장을 보면, 그런 생각이 들었어요. 언제나 울 준비가 되어 있는 사람 같다는 생각, 난 성우 선배가 왠지, 선인장 같아요……." 드라마 『거짓말』의 명대사를 줄줄 외우고 있었던 나는 우연히 정보를 입수하고 좋아하는 작가를 직접 보고 싶어 찾아갔다. 노희경의 이야기가 끝나자 사람들이 사인을 받기 위해 줄을 섰다. 나도 얼른 맨 끝에 섰다.

수첩에 받으려다가 충동적으로 가방에 있던 책을 꺼냈다. 나탈리 골드버그의 『뼛속까지 내려가서 써라』. 지금처럼 글쓰기 도서의 종수가 많지 않았을 때 고전으로 꼽히던 책이다. 표지를 열어 연둣빛 페이지를 내밀었다. 이름을 말하고 작가님처럼 글 '잘' 쓰고 싶다고 말한 것 같다. 이렇게 쓰여 있는 걸 보면.

"간절하게 원하면 지금 움직이세요. 노희경입니다. 2005. 6"

십 년이 흐른 오늘. 나는 아무 생각없이 책꽂이에서 색이 바래버린 이 책을 꺼냈고 가방에 넣었다. 오랜만에 읽어 보려고. 그리고 표지를 열었다가 놀라서 덮었다가 다시 열었다. 무슨 영험한 주문처럼 강렬했던 그 말의 기운에 휩싸여 보낸 밤들, 까맣게 콩닥거리던 기억이 불쑥 솟구쳤다. 유리병 편지처럼 먼 바다 돌아 새삼스레 내 앞에 이른 이것에, 나는 또다시 들썽거린다.

간절하게 원하면 지금 움직이세요.

새 비료를 뿌리기보다는
매일 조금씩 땅을 다져라.

———

헨리 밀러

어느 가구 디자이너에게 들은 얘기다. 목공 디자인을 전공한 그는 졸업 작품 전시회부터 작품이 날개 돋친 듯 팔려 그 분야에서 일찍 자리 잡았다. 비결이 있다. 엄청난 작업량이다. 대학 때 학교에서 먹고 자고 살았다. 공강 시간을 허투루 보내지 않는데 친구들이 당구 치거나 술 마시러 갈 때도 그는 작업실로 향했고 나무 하나라도 잘라 놓았다. 또 한두 시간 틈이 나면 대패질을 했다. 그렇게 밑 작업을 해 두면 일을 하려고 '큰마음'을 먹지 않아도 된다. 일상의 자투리를 이용해 한 공정씩 진척시키기. 말 그대로 '틈틈이' 일해 가구 하나가 뚝딱 완성되니, 그 성취감이 계속 일을 하게 했다는 것이다.

이 비결은 모든 창작의 원리를 담고 있지 않은가. 늘 시간에 허덕이는 내 글쓰기도 다르지 않다. 글 한 편 쓰려면 엄두가 안 난다. 하얀 종이 두 바닥을 나만의 언어와 사유로 채우는 일은 간단치 않다. 견적이 크면 시작을 미룬다. 그래서 '글을 쓰자'가 아니라 '자료를 찾자'며 시작한다.

아침에 눈 뜨자마자 책상에 앉아 책을 뒤져 자료를 추려 놓는다. 또 버스에서 시집을 보다가 관련한 단어나 괜찮은 표현을 발견하면 메모한다. 틈틈이 생각의 단초를 풀어놓는다. 문장 단위로 사고하고 단락으로 정리하며 매만진다. 마치 나무를 잘라 놓고 대패질을 해 놓듯이 말이다. 그 단락들을 요리조리 배열해 놓고 잠든다. 꿈에서 사유를 불어넣는다. 아침에 맑은 정신으로 다시 고친다. 어느새 글 한 편 완성된다. 큰마음 먹기가 아니라 짬짬이 해 나가기의 결과다.

미루겠다는 것은 쓰지 않겠다는 것이다.

———

테드 쿠저

천장이 높고 내부가 넓어 오래 있어도 답답하지 않고 눈치도 주지 않고 오늘은 일찍 나오셨느냐며 진한 커피 내려 주는 선한 바리스타도 있고 심지어 화장실도 깨끗한 그 카페에 내가 아끼는 자리가 있다. 거기 앉으려고 아침 여덟 시부터 서두른다. 나에게 하염없이 하늘을 내어 주는 그곳. 그 은혜로운 자장 안에 서라면 뭔가 좋은 글을 쓸 수 있을 것만 같다.

노트북을 켠다. 하늘은 관대하나 화면은 단호하다. 이제 여기다 무얼 쓸 거냐고 노려보는 것 같다. 글감이나 주제가 명확할 때보다 막연할 때가 많다. 그래도 카페에 왔고 커피를 마셨고 옆자리에서도 몰두하고 있으니 나도 '덩달아' 시작한다. 첫 문장이 맥없다. 두세 시간 지났어도 한 페이지 간당간당, 내용도 우물거리고 산만하다. 자기가 쓴 이상한 글을 봐야 하는 형벌을 면하려면 계속 다음 문장을 쓰는 수밖에 없다.

그렇게 아침 댓바람부터 요란하게 써 내려간 글을 정작 퇴고 과정에서 버릴 때가 많다. 어쩔 수 없다. 종내는 폐기될 이 엉성한 갑문을 괴워 내야 단단한 문장이 끌려 나온다. 탁한 물 빼내 맑은 물 얻는 이치다. 그러므로 나에게 그 카페는 글쓰기 작업에 최적화된 장소라기보다 글쓰기를 미루고 싶을 때 글쓰기로 들어가는 가장 빠른 입구다. 방해 없는 시간으로 열린 틈서리다.

우리가 힘을 얻는 곳은 언제나
글 쓰는 행위 자체에 있다.

————————

나탈리 골드버그

종일 긴 글을 썼다. 제1부는 아침 열 시부터 오후 네 시까지 집필. 인터뷰인데 실용서에 들어갈 원고라서 정보와 사실 위주로 본문을 구성해야 한다. 200자 원고지 50매 분량을 중복 없이 읽을 만하게 주제를 살려 다듬는다. 빼곡한 글자를 만지는 일은 콩나물 한 시루 머리 따는 일처럼 따분하다. 허리가 아프고 눈이 시리고 손끝이 저릿하다. 이 잔혹한 육체 노동! 엉덩이 붙이고 앉아 두뇌에서 정보를 거르고 오감을 작동하여 손끝으로 뽑아내려면 신체 기관이 긴밀하게 가동된다. 진이 쏙 빠진다.

밤 아홉 시에 제2부. 짧은 글 십여 편을 읽고 리뷰를 썼다. 삶의 기록을 존중하며 글의 허물을 찾아내고 같은 단어의 반복을 피하고 정확한 단어를 고심하다 보니 새벽 한 시다. 제2부는 힘들지 않았다. 왠지 기운이 솟았다. 마라톤에서 계속 달리면 고통이 사라지고 쾌감이 오는 러너스 하이 같은 상태인가, 아니면 만물의 질서를 통합하는 밤의 마법인가.

아마 그건, 계속 썼기 때문인 거 같다. 전에도 그랬다. 힘들면 도망가고 싶다. 쓰는 삶에서, 쓰는 상황에서. 술을 마시거나 하염없이 걷지만, 일시적인 기분 전환일 뿐 마음이 홀가분하지도 걸음이 자유롭지도 않다. 글 쓰는 에너지를 회복하는 가장 효과적인 방법은 글 쓰는 것. 몸의 감각이 쓰기 모드로 활성화되고 도움닫기를 할 수 있는 밑 원고가 다져진다. 모터가 돌아가고 원고가 불어나 있으면 그 불어난 힘이 글의 소용돌이로 나를 데려간다.

아주 서서히 글을 쓰는 목소리를 찾아냈다.
지적이고 공정하며 이성적인 누군가의
목소리였다. 그 목소리는 나의 것이
아니었다. 그보다는 내가 되고 싶은 사람의
것이었다.

———————

트레이시 키더

『글쓰기의 최전선』을 내고 독자를 만나는 자리에서 이런 질문을 받은 적이 있다. "기존의 오염된 말로는 내 생각과 삶을 설명할 수 없었다는 내용이 인상적이었는데 글을 쓰면서 작가님 삶에서 폐기된 언어는 무엇이고, 새롭게 태어난 언어는 무엇인가요?" 난이도가 높았다. 나는 오 초쯤 망설이다가 답했다. '애가 공부 못하면 어떡하지' 하는 말이 사라진 것 같다고.

난 육아 문제에 취약했다. 나 좋은 대로 사는 건 내 선택과 책임인데 아이에게는 늘 뭔가 미안했다. 남들처럼 학원을 보내지도 않고 숙제를 봐 주지 못해 불안했다. 아이가 도태될까, 자신감 잃을까, 나태한 성적이 빈곤한 미래를 예비할까, 걱정에서 걱정으로 뒤척였다. 행복은 성적순이 아닌가 긴가 헷갈렸다.

그런데 여러 사람이 글로 쓴 구체적 일상, 내밀한 고백, 치열한 물음을 읽고 말하고 곱씹으며 나도 모르게 불안증이 가셨다. 성적과 행복이 비례하지 않아서 안도한다는 게 아니라, 삶은 성적이나 취직 같은 한두 가지 변수로 좋아지거나 나빠질 만큼 단순하거나 만만하지 않다는 것, 부단한 사건의 이행 과정이지 고정된 문서의 취득 수집이 아니라는 것을 어렴풋이 느꼈다.

글쓰기는 육아의 번뇌 해소에 이로웠다. 한 생명을 기죽이는 오염된 언어와는 멀어지고 있으나 아이의 삶을 자라게 하는 언어 레시피는 미완이다. 아이가 이 정도면 공부 못하는 편인지 아닌지, 이런 게 아직 궁금하고 불쑥 묻고 아차 후회한다. 하루는 반성문 쓰고 다음 날 계획표 쓰는 게 인생이랬나. 서툴고 거칠더라도 내 느낌과 생각을 지속적으로 표현한다면 아이의 삶을 북돋우는 엄마의 언어가 만들어지겠지.

매일 작업하지 않고 피아노나 노래를
배울 수 있습니까. 어쩌다 한 번으로
얻을 수 있는 것은 결코 없습니다.

레프 톨스토이

009

글 쓰는 사람이 늘고 글쓰기 책이 봇물을 이루면서 '글은 엉덩이로 쓴다'라는 말이 상식처럼 통용되는 모양이다. 요즘은 사람들이 더 구체적으로 묻는다. 글은 머리가 아니라 엉덩이로 쓴다는 걸 알지만 지키기가 어려운데 어떻게 하면 되느냐고.

나는 어떻게 매일 썼는지 돌이켜 보았다. 자유 기고가로 일하면서 매일 썼다. 대략 원고지 20매 내외 분량을 날마다 빼곡이 채웠다. 사보 원고를 안 쓰는 날은 『오마이뉴스』에 시민 기자 자격으로 글을 써서 올렸다. 책상에 앉아서 자료 찾고 녹취 풀고 초고 쓰고 고치고 또 고치고 그야말로 원고를 붙들고 씨름했다.

'쓰고 또 쓰기'가 가능했던 동력을 따져 보면, 쓰겠다는 의지와 열망보다 통장에 들어오는 원고료의 힘 같다. 먹고살기 위해서는 쓰지 않을 도리가 없었고 매일 쓰다 보니 조금씩 나아졌고 나아지니까 힘들어도 재미있었다. 그사이 내 생활은 글쓰기 체제로 구획됐다. 책상과 밥상을 오가며 레미콘이 쉼 없이 돌아가듯이 손가락을 꾸준히 움직였다.

사람을 움직이는 힘은 꽤나 물질적이고 구조적이다. 어떤 당위도 돌아오는 끼니 앞에 무색하다. 그리고 몸은 익숙한 곳을 좋아한다. 먹고살기 위해 아침저녁 지옥철로 출퇴근하는 직장인이 퇴근 후 매일 글을 쓰기가 어렵다는 걸, 나는 일 년 동안 회사를 다니면서 알았다. 아주 체력이 좋다면 모를까, 난 힘에 겨워 결국 직장을 그만두었다. 수입의 불안정보다 글쓰기의 불안정이 더 견디기 힘들었다.

글쓰기에 투신할 최소 시간 확보하기. 글을 쓰고 싶다는 이들에게 일상의 구조 조정을 권한다. 회사 다니면서 돈도 벌고 친구 만나서 술도 마시고 드라마도 보고 잠도 푹 자고 글도 쓰기는 웬만해선 어렵다. 쥐고 있는 것을 놓아야 그 손으로 다른 것을 잡을 수 있다.

시는 그것 자체로서 의미를 가지는 것이
아니라, 삶에 대한 사랑을 받아 내는
그릇으로서 의미를 갖는다.

———

이성복

사람이든 물건이든 상품 가치 높이기가 관건인 세상이다. 자신은 조직에 필요한 사람임을 주장하는 자기소개서, 그리고 이것은 최고의 상품임을 소개하는 마케팅 기획서는 강력한 언어를 요구한다. 독보성과 우월성을 내세우기 위해선 어떤 단어와 표현도 무한정 끌어다 쓸 수 있다. 일단 쓰고 나면 그 글이 삶에서 나오지 않았다 한들, 그 글을 삶으로 갚지 않는다 한들 누가 뭐라 하지 않는다. 글과 삶이 달라도 된다.

가끔 자기소개서를 봐 달라는 요청을 받는다. 한두 번은 응했는데 '못할 노릇'이라는 생각에 그다음부터는 마다한다. '자소서'가 아니라 '자소설'이라는 자조적인 말이 괜히 나온 게 아니다. 가령 육체노동자 부모의 직업을 그대로 명시하면 불리해지므로 한평생 일을 해 온 성실한 아버지라는 표현으로 대체한다. 집에서 자기가 먹은 음식물 쓰레기 한 번 버리지 않고 방 청소를 한 번 하지 않았어도 장애인 시설에서 오 년간 봉사 활동을 하며 약자와 더불어 사는 법을 배웠다고 쓸 수 있다.

글쓰기가 자기를 겉꾸미고 남의 삶을 끌어다가 왜곡하고 자기 편의대로 가공하는 수단이 되는 게 어쩐지 가슴 아프다. 약한 것, 모자란 것, 초라한 것을 가리고 누르는 수단이 되는 게 너무도 쓸쓸하다. 무시나 과장이 아닌 있는 그대로의 인정과 옹호의 글쓰기는 이 부조리한 사회 현실에서 불가능한 일일까. 손해나는 일일까. 어떤 실패나 어떤 상실도 삶으로 통합해 낼 수 없다면 글쓰기는 어떤 의미를 갖는 것일까. 삶의 상품화로써의 글쓰기에 떠밀리는 삶의 옹호로써의 글쓰기를 나는 두 손으로 받아 내고 싶다.

프루스트는 다른 작가들이 통상 스쳐
지나가는 것을 분할했다. 그리고 우리에게
무한정 분할할 수 있는 감각을 주었다.

———

폴 발레리

예전에 한옥 전문가에게 들었다. 그 집이 좋은 집인지 알려면 사계절을 나 보아야 한다고. 외풍이 심하지 않은지, 대청마루에 비가 들이치지는 않는지, 해가 어디까지 드는지, 눈이 내리면 얼마큼 쌓이는지, 일상을 살펴며 집을 알아 가라는 뜻이다. 그 말이 오래도록 마음에 남았다. 사계절을 지내 본다는 게 비단 한옥에만 해당되는 일일까. 어떤 대상과 삶의 결을 촘촘히 맞춰 보는 일이란 게 만물의 관계에 적용되지 않을까.

잘 배운 한옥론을 나는 연애 상담에도 곧잘 써먹는다. 그와 사계절은 지내 보라고 한다. 중의적이다. 시간의 사계절, 감정의 사계절, 몸의 사계절을 아우른다. 비 오는 날의 감수성, 더운 날의 습관 같은 것. 화났을 때, 억울할 때, 난처할 때 감정을 표현하는 방식 등 궂은 날씨를 지내 보라고 한다. 본성과 습관과 감각의 여러 굽이를 같이 거닐며 입체적으로 한 사람을 알아 가는 것이다.

좋은 글도 여기에 빗대어 본다. 잘 지은 한옥이 변화무쌍한 날씨, 다채로운 풍광을 넉넉히 받아 내고 삶을 키워 내듯, 내가 아는 좋은 글도 담아 내고 살려 낸다. 달아나는 생각, 숨어 있는 감정, 내 것이 아닌 줄 알았던 욕망 같은 것까지. 365일 다른 그림자 길이와 바람 결을 빚는 한옥처럼, 좋은 글은 열 길 물속보다 복잡한 인간 내면 풍경의 섬세한 결을 가르고 분할해 보여 준다.

당신의 직업이 무엇입니까? 나는 씁니다.

롤랑 바르트

나를 무엇으로 말할까. 늘 걸리는 문제다. 사회관계에서 소속이나 직함은 필수. 하다못해 인터넷 사이트 회원 가입 양식에도 직업을 표시한다. 나는 '주부'라는 이름에 밴 시큼한 김치 냄새가 싫었고, 그래서 '기타'를 택하곤 했다. 글쓰기 수업에 온 주부 학인들이 '그동안 애 키우고 살림하고 열심히 살았는데 주부라는 두 글자로 자신을 소개하면 왠지 초라해진다'라고 말하는데 그 심정 이해한다. 가사 노동의 사회 평가 절하가 '주부'라는 이름을 남루하게 만든다.

글을 쓰면서 난 '작가님'이 됐다. 그 역시 뭔가 몸에 맞지 않는 옷 같았다. 작가는 더 찬 사람이었으므로 난 아니었다. 글쓰기 수업에서 학인들은 나를 '은유 쌤'이라고 불렀다. 그건 오래 입어 목이 늘어난 니트처럼 편하고 좋았다. 서로를 닉네임으로 부르며 우리는 도반道伴이 되어 갔다. 그런데 외부에서 나를 '글쓰기 강사'라고 소개하면 그게 또 어색했다. 강사는 더 센 사람이었으므로 난 아니었다.

글을 기고하거나 책을 펴낼 때 지자 프로필을 짓는다. 교수, 평론가, 소설가, 기자 같은 똑떨어지는 직함이 필요하다. 나는 고심 끝에 '글 쓰는 사람'으로 정했다. 작가는 명사다. 세상과 단절되어 서재에서 창작의 불꽃을 태우는 정적인 느낌이다. 글 쓰는 사람은 동사의 의미가 산다. 내게 글쓰기는 창작 행위보다 사는 행위에 가깝다. 역동적이고 상호 관계적이다. 난 밀실만큼 광장에서 살아 있음을 느끼고, 내 얘기만큼 남 얘기가 궁금하다. 암호처럼 복잡한 세상을 명쾌한 언어로 가려내고 싶고, 아무도 듣지 않는 한 사람의 이야기들을 받아 적으며 생의 비밀을 풀고 싶다. 그런 글 쓰는 사람이 나였으면 좋겠다.

싫증 나는 문장보다 배고픈 문장을 써라.

미셸 드 몽테뉴

"스카프는 피붓결처럼 고왔다. 두려움이 엄습했다. 흐르는 듯 부드러운 마름모꼴 스카프를 보고 나는 수치심에 휩싸였다. 황폐한 나에 비해, 스카프는 예전처럼 나긋나긋했다. 광택과 무광택이 섞여 있는 바둑판 무늬 그대로였다. 스카프는 수용소에서 변하지 않았다. 바둑판 무늬 속에서 조용히 자기 원칙을 지켰다. 스카프는 이제 내게 어울리는 물건이 아니었다."

헤르타 뮐러의 『숨그네』 중 일부다. 책 한 권 문장들이 죄다 '밑줄 (긋고 싶은) 충동'을 불러일으키지만 이 부분이 특히 곱다. 짧게 치고 가는 문장들. 가쁘게 진실을 묘파한다. 장황한 묘사나 수사 없이도 수려하다. 수용소와 스카프라는 사물 자체가 일으키는 긴장. 바둑판 무늬 자체가 상황의 완고함을, 나긋나긋한 재질이 좌절한 심리를 나타낸다. 고운 스카프 한 장으로 수용소의 비극을 전하는 것이다.

단문 쓰기는 언제나 도래하는 고민이다. 글쓰기 책에서 대부분 단문 쓰기를 강조하고 나도 학인들에게 권유한다. 문장이 늘어지면 생각이 잉키니까 짧게 끊어 치라고. 주어, 목적어, 동사로 된 기본 문형에 충실하라고 주문한다. 그런데 문장 형식에 끼워 맞춰 기계적으로 단문을 쓰면 일간지 산불 기사처럼 건조해지기 쉽다. 문장들이 조각조각 흩어져 전체적인 내용 파악이 어려운 경우도 있다. 어떻게 해야 단문 쓰기의 미덕이 발휘될까, 늘 고민스러웠다.

『숨그네』를 읽다 보니 조금은 보인다. 문장과 문장 사이의 울림이 단문의 허기를 메워 준다. 군더더기 없는 문장과 문장 사이로 진실의 표정이 날렵하게 드러난다. 견고한 단문의 성채는 행간의 힘이 좌우하는 것이었다. 이제부터 덧붙여야 할까 보다. 단문을 쓰세요. 행간을 살리세요.

닫힌 방 안에서는
생각조차 닫힌 것이 된다.

E. H. 카

E. H. 카의 『도스또예프스끼 평전』에 따르면 도스토엡스키는 도시의 작가였다. 가족과 해마다 한두 번 수도원 참례의 외출을 제외하고는 열 살이 될 때까지 도시를 떠나 본 적이 없다고 한다. 지방의 대지주 톨스토이, 시골의 방랑자 막심 고리키와 같은 체취를 느낄 수도 없다며, 어린 시절 무의식적인 인상에 의해 가치관이 결정된다고 평전 작가는 말한다.

이 부분을 읽고 나니 머쓱했다. 나는 도시 태생. 서울에서 나서 서울에서 컸다. 유년의 기억이 선명한 여섯 살 때부터 아파트에 살았다. 꽃과 나무 이름에 무지한 생태맹이다. 자연을 근사하고 기품 있게 묘사하는 글을 보면 부러웠다. 자연의 은총이 밴 문장에 쉬이 매료됐다. 농촌 감수성이 부러운 나머지, 나도 귀촌을 해서 살아야 시야의 협소성을 극복하지 않을까 고민하기도 했다.

도스토엡스키는 어떠한가. 도시를 부정하고 자연을 동경하는 게 아니라 자기 삶의 토대인 도시에 충실했다. 콘크리트에 갇힌 인간의 내면을 탐사했다. 특유의 '닫힌 느낌'을 파고들어 정체성으로 구축했다. 평전을 읽고 나니 무작정 건너편 언덕이 더 푸르다 여긴 내 모습이 부끄러웠다.

배산임수한 전원 주택에 사는 사람이 쓸 수 있는 글이 있고, 한 평 고시원에 사는 사람에게 나오는 글이 있다. 같은 여자라도 아이 둘 키우며 일하는 주부인 내가 감각하는 세상과 연구실에서 종일 보내는 교수가 접속하는 세상은 다를 것이다. 그렇다면 쓸 수 있는 글도 다르다. 남을 부러워하지 말고 자기가 발 디딘 삶에 근거해서 한 줄씩 쓰면 된다. 지금까지 살아왔다는 것은 누구나 글감이 있다는 것. 톨스토이와 도스토엡스키뿐이랴. 글쓰기는 만인에게 공평하다.

내 안에 파고들지 않는 정보는 앎이 아니며
낡은 나를 넘어뜨리고 다른 나, 타자로서의
나로 변화시키지 않는 만남은 체험이
아니다.

———

황현산

015

막 니체를 접했을 때 나는 고양되었다. 나의 좋음을 기준으로 판단하지 못하고 남의 좋음을 기준으로 살아온 날들, 착하다는 말을 듣고 살아온 시간들이 원한 감정만 남긴 것 같았다. "나는 사랑하노라, 몰락하는 자로서가 아니면 달리 살 줄 모르는 자를." 『차라투스트라는 이렇게 말했다』 서문에 나오는 문장에 밑줄을 그으며 난 몰락을 모의했고 그 몰락의 징후는 어정쩡하게 들통났다.

어느 날 남편이 지나가듯 한마디 던졌다. "당신, 니체 읽더니 이상해진 거 같아." 나는 흠칫했다. 근거를 대라고 따졌지만 그 말이 목의 가시처럼 거슬렸다. 대관절 뭐가 이상해졌다는 건지 억울했지만 그래도 나를 가까이서 오래 본 사람에게 그런 말을 듣는다는 것 자체가 무안하고 창피했다.

학습 목표를 다시 세웠다. '적어도 공부하더니 이상해졌다는 말은 듣지 말자.' 약간의 반발심에 정했지만 이 방어적인 학습 목표가 만족스럽다. 상식과 원칙 없는 세상이다 보니 가만히 있으면 있는 대로, 열심히 살면 사는 대로, (나이 들면서) 이상해질 확률이 높지 뭔가.

읽고 쓰며 묻는다. 몸으로 실감한 진실한 표현인지, 설익은 개념으로 세상만사 재단하고 있지는 않는지. 남의 삶을 도구처럼 동원하고 있지는 않는지. 앎으로 삶에 덤비지 않도록, 글이 삶을 초과하지 않도록 조심한다.

적절한 장소에 찍힌 마침표만큼
심장을 강하게 꿰뚫는 무기는 없다.

이사크 바벨

"가야 할 때가 언제인가를 분명히 알고 가는 이의 뒷모습은 얼마나 아름다운가." 이형기의 시 「낙화」 첫 문장이다. 열여덟의 나이에 연애 한번 못해 본 나는 이 시가 좋았다. 통째로 외웠다. 잘 사랑하고 잘 헤어지는 사랑의 판타지를 시에서 대리 체험했다. 애정이 식으면 끝. 가는 사람 잡지 말고, 사랑의 감정만 순수 기억으로 간직하는 관계의 단정함을 동경했다. 그 후 십 년쯤 흐르고서야 알았다. 사랑이 하도 구차하고 비루하여 저런 담담하고 매끄러운 시가 나왔구나.

글을 쓰다 보면 꼭 사랑에 매달리는 사람처럼 구질구질하고 구차해질 때가 많다. 내가 아는 걸 다 설명하고 싶고 감정을 다 드러내고 싶고 내 생각을 더 헤아려 달라고 조르고 싶다. 읽는 사람의 마음을 사로잡고픈 욕심이 넘치니, 글이 안 끝난다.

그런데 읽는 사람 입장이 되면, 끝나지 않는 글이 고역이다. 중언부언 반복되고 추상적이고 장황하고 어수선한 글은 매력 없다. 빤한 얘기로 채워진 글은 지루하다. 정보만 많은 글은 눈이 뻑뻑해진다. 그걸 알기 전까지 연애 초보처럼 굴었다. 이젠 점검한다. 끝날 듯 끝나지 않는 주례사 같은 글을 쓰고 있지는 않는지. 적절한 자리에 마침표가 딱 찍힌 글인지.

끝나야 할 때가 언제인지를 아는 낙화 같은 글을 쓰는 연애 고수가 되고 싶어서, 자주 되뇐다. 독자는 연인이다. 독자를 지루하게 하지 말자.

영 아닌 소재는 없소. 내용만 진실되다면,
문장이 간결하고 꾸밈없다면.

———

우디 앨런

어느 밤 자정에 홀로 파리의 골목길을 헤매던 이에게 구식 자동차 한 대가 다가오고 차 안에 있는 이들은 함께 어울리자고 말한다. 그들을 따라간 길 펜더는 늘 꿈꾸던 1920년대의 파리로 들어가 헤밍웨이와 문학을 토론하고 피츠제럴드 부부와 대화하며 거트루드 스타인에게 조언을 듣는다. 영화 『미드나잇 인 파리』의 줄거리다.

주인공 길 펜더는 작가다. 할리우드에서 상업적인 시나리오를 쓰다가 소설에 도전한다. 우연히 세계적 문호들에게 자기 원고를 보여 줄 기회를 얻고 꿈인가 생시인가 떨면서 자기 글을 소개한다. 소재가 너무 유치하지 않은지 물으니 '대가'는 이렇게 답한다. 소재는 무어라도 좋다고. 그 말에 길은 표정이 밝아지고 용기를 얻는다.

'내용만 진실하다면 소재는 무엇이라도 좋다.' 이 대목에서 내 얼굴도 덩달아 환해졌다. 어떤 것이 글감이 되고 어떤 것이 글감이 되지 않는가. 처음엔 선별의 문제로 접근했다. 작가라는 자의식도 없던 때, 글이 쓰고 싶어서 무작정 글을 쓰고는 너무 유치한 거 아닌가 검열하곤 했다. 딸아이가 키우는 새우젓만 한 물고기 구피 이야기, 성남 모란시장 음식점에서 본 취객 이야기 같은 글감이 그랬다. 그 왜소하고 볼품없는 것들이 사유를 자극하고 생각의 갈래를 피워 올렸고 그래서 나는 썼지만, 정치와 사회와 역사의 거대 담론 사이에서 어쩐지 위축되곤 했다. 그런데 그 글을 웹진 '위클리 수유너머'에 연재했을 때 독자들은 내가 본 것, 느낀 것에 조용히 공감해 주었다. 그 일로 용기를 얻었다. 영 아닌 소재는 없구나. 소재 찾기보다 의미 찾기로구나.

진실되지 못한 글을 아름답게 하기 위해
현란한 수사로 치장을 하게 되면, 그것은
고운 헝겊을 누덕누덕 기워 만든 보자기로
오물을 싸 놓은 것처럼 흉한 냄새를 풍기게
된다.

———
한승원

자유 기고가로 일한 지 4개월 즈음 일이다. 사보용 칼럼을 청탁받았다. 글감은 손과 뇌의 상관성, 즉 한국인이 손을 많이 써서 두뇌가 우수하다는 내용이었다. 취재 기사와 달리 칼럼은 필자의 생각과 색깔을 담을 수 있다. 이참에 한번 글솜씨를 뽐내보고 싶었다. 어설픈 초보에게 기회를 준 선배의 신의에 대한 보답, 필자로서 나의 가능성 타진, 둘 다 중요했다. 의욕이 손과 뇌에서 마구 뻗쳤다.

썼다 지우고 썼다 지우며 글은 점점 솜사탕처럼 달고 벙벙하게 부풀어 올랐다. 벌써 십 년 전 일이라 잊었지만 지금도 생각나는 표현은 "손은 밖으로 나와 있는 뇌"다. 이런 종류의 추상적이고 멋부린 문장으로 200자 원고지 15매를 채웠다. 당연히 퇴짜 맞았다. 선배는 사례와 근거를 보강하라고 주문했다.

난 도서관으로 향했다. 한국 사람이 젓가락질을 하고 공기놀이를 하며 어릴 때부터 손가락의 소근육을 많이 움직여서 두뇌가 우수하다는 것 등 관련 서적에서 근거가 될 만한 사례를 보완했다. 내용이 실해졌다. 현란한 수사로 채운 글이 왜 초라한지, 충실한 근거를 갖춘 글이 왜 탄탄한지, 그 글을 고치면서 깨달았다. 난 유익한 정보, 새로운 관점을 전해 주기보다 잔재주를 뽐내고 과시할 욕심만 앞서 알맹이가 없는 글을 쓴 거다.

이 일을 계기로 난 달라졌다. 자의식을 버리고 직업의식을 챙겼다. 내 역할은 세상과 인간의 삶에 도움이 되는 글을 한 접시 차려 내는 일이다. 일용할 양식을 쓰자.

글쓰기에는 어떤 것도 운 좋게 찾아오지 않는다. 글쓰기는 어떠한 속임수도 허용하지 않는다. …… 모든 문장은 기나긴 수련의 결과이다.

헨리 데이비드 소로

019

"그는 성인이라기보다는 방치된 어린아이 같았다. 나는 이런 사람들이 나이보다 훨씬 어려 보이는 경우가 아주 흔한 것은 책임질 일이 없기 때문이라 생각한다."

이런 문장을 만나는 재미에 빠져 조지 오웰을 읽는다. 빼어난 미문이어서라기보다 인간과 세계에 대한 예리한 관찰, 정확한 분석에 놀라곤 한다. 옆에 있다면 물어보고 싶다. 당신은 언제부터 이런 게 보이는 기술자가 되었느냐고.

조지 오웰의 오 년을 생각한다. 그는 젊어서 인도 제국 경찰에서 일했다. 제국주의의 앞잡이 노릇을 했다는 가책에 괴로워하며 스스로 벌을 내린다. 파리와 런던에서 오 년 동안 접시 닦이, 노숙인을 자처한다. 이 시기의 체험을 『파리와 런던의 밑바닥 생활』이라는 책으로 펴내며 '작가'로 주목받는다. 조지 오웰이라는 필명도 이때부터 사용했다는데, 본문에서 불지옥이 따로 없다고 묘사한 주방 상황은 읽기만 해도 땀이 날 정도로 생생하고 이미 '조지 오웰답다.'

왜 오 년이었을까. 십 년만 해도 누기 뭐라지 않을 것 아닌가. 좀 길다 싶다가도, 다른 세계를 받아들이려면, 이전 세계에서 육체가 풀려나려면 그 정도는 걸리겠지 싶기도 하다.

사람의 빛깔이 달라지는 시간. 한 사람에게 작가의 소양이 형성될 즈음, 무엇을 읽었느냐보다 어디에 누구와 있었는지가 중요한 것 같다. 조지 오웰의 불지옥 오 년, 아니 작가 수업 오 년을 상상하니 그렇다.

글에서 첫마디가 길흉을 좌우하는 수가
많다. 너무 덤비지 말 것이다. 너무
긴장하지 말 것이다. 기숭히 하려 하지 말고
평범하면 된다.

─────

이태준

"당나라 시인 송지문宋之問의 시 「유소사」有所思에는 '해마다 꽃은 그대로건만, 해마다 사람은 달라지네'年年歲歲花相似, 歲歲年年人不同라는 유명한 시구가 들어 있다." 『경향신문』에 실린 황현산 칼럼 첫 문장이다. 잘 모르는 내용이나 공부하는 심정으로 읽기 시작했고 끝까지 완독했다. 역시 훈계하지 않고 깨우침을 주는 대인배의 글이었다.

"신경숙 작가의 '표절' 논란이 일파만파로 번져 가고 있다." 김누리 교수가 『한겨레』에 쓴 칼럼 첫 문장이다. 뻔한 문장으로 시작하는 글이라 통과했는데 나중에 아는 분이 링크를 걸어 줘서 읽었다. 미문을 우대하는 한국 문학의 문제를 날카롭게 분석한 글로 꽤나 유익했다.

"강의 준비로 김승옥의 『무진기행』을 다시 읽었다." 후지이 다케시의 『한겨레』 칼럼인데 역시 첫 문장이 밋밋하다. 그런데 이 글은 『무진기행』이란 소설로 메르스 위기의 핵심을 짚어 냈다. 한 줄 한 줄 따라가며 읽다가 끄덕끄덕 동의하고 설득당했다.

첫 문장이 매혹적이면 좋겠지만, 그래서 '첫 문장은 신의 선물'이라는 요란한 비유가 있기도 하지만, 나는 점점 그 말을 믿지 않게 되었다. 시작만 요란한 글에 실망하기도 하고, 앞에서 말한 경우처럼 첫 문장이 어렵거나 평이해도 좋은 글을 많이 접하기도 해서 그렇다.

내 글을 쓸 때도 첫 문장에 공력을 쏟느라 초반전에 기운을 다 빼는 어리석은 짓은 이제 하지 않는다. 이 글이 무엇을 말하려는지 주제를 환기시키는 담백한 첫 문장을 쓰려고 노력할 뿐이다.

난 존재들과 사물들을 대변하는
배우자이자, 그것들이 존재하는 장소이며
그것들의 증인이기도 했다.

아니 에르노

021

나는 해외여행을 스스로 계획하지 않는다. 크게 좋아하지 않는 것이다. 왜 그럴까 곰곰이 생각해 봤다. 평소 여행을 많이 다녀서 그런 거 같다. 여행의 정의가 '익숙한 것에서 떠남'이라면 난 매일 여행하며 살고 있다.

인터뷰나 수업이 이국의 땅. 다른 지역, 다른 직업, 다른 생각을 가진 사람의 이야기는 미술관이나 유적지만큼이나 경이롭다. '우와, 어떻게 그런 생각을!' 하며 놀란다. 버스 정류장 앞이나 재래시장에서 고사리 한 무더기 담아 주는 할머니의 주름진 손등은 보기만 해도 시간 여행이다. 사람은 어디서 와서 어디로 가는가 상념을 자극하니 말이다.

도심에서 내게 잊지 못할 여행은 서울에서 열린 퀴어퍼레이드였다. 외국이나 영화에서나 볼 듯한 진기한 장면들. 퍼레이드 카에 올라간 이들의 옷차림은 과감했고 동작은 경쾌했고 메시지는 다정했다. "당신이 만나는 의사는 게이입니다." 성 소수자가 멀리 있지 않다는 얘기였다. 사회의 공기가 무거운 즈음, 그들의 서질 것 없는 존재 선언과 신체 표현만 봐도 숨통이 트였다. 이렇게 도심에서 벗고 놀 수 있는 이는 거의 없으니까.

이성애자인 나. 보통 사람으로 이 땅에서 불편 없이 살지만 맛보기 어려운 해방감이다. 성 소수자에 비해 자기 성적 취향, 성적 욕망에 무지한 나를 본다. 타인을 통해 내가 낯설어지는 여행, 고작 집에서 삼십 분 거리 도심에서 사람을 봤을 뿐인데 나는 베를린이라도 다녀온 여행 작가처럼 글이 쓰고 싶어 몸이 단다.

머리 좋은 것이 마음 좋은 것만 못하고,
마음 좋은 것이 손 좋은 것만 못하고,
손 좋은 것이 발 좋은 것만 못한 법입니다.

───
신영복

역 주변 미용실 통유리에 '24시까지 영업'이라고 써 있다. 24시? 오밤중이 되도록 머리를 시술하는 사람과 받는 사람이 있다는 게, 그것이 마케팅 포인트가 된다는 게 충격이었다. 이후 거리를 지날 때마다 보인다. 오토바이 뒤에 총알 배송, 트럭 뒤에 당일 배송 같은 문구. 로켓 배송, 야간 진료, 24시, 365일, 연중무휴 같은 글자가 눈에 띄었다. 속도 사회의 주술들을 스마트폰에 메모했다.

이 메모를 바탕으로 칼럼을 한 편 썼다. "음식점, 병원, 옷가게, 미용실 등 야간 노동의 경계는 업종 불문하고 점점 확대되는 추세다. 출근하면 노동자이고 퇴근하면 고객이 되는 우리들이 서로가 서로를 부려먹고 있는 슬픈 형국이다"라는 내용을 담았다.

나도 가끔 메모를 한다. 글쓰기 노하우에서 메모 습관을 강조한다. 메모의 증식이 소설이라고 말하는 작가도 있다. 그에 비하면 난 (필사는 열심히 하지만) 글감 메모는 게으른 편이다. 한 달에 한 선 할까 말까다.

대신 사람을 만나서 입으로 떠든다. '이런 일이 있더라', '누가 이랬대', '어떻게 생각해?' 말하면서 생각을 정리하고 남의 생각을 들으면서 생각을 다듬는다. 말하기의 저장 기능, 사유 확장 기능을 활용하는 것이다. 잊지 않으려고 써 놓지만 써 놓아서 잊어버리기도 한다는 점을 생각하면, 입으로 떠들기도 꽤 믿을 만한 메모 방법 같다.

있어도 괜찮을 말을 두는 너그러움보다,
없어도 좋을 말을 기어이 찾아내어 없애는
신경질이 글쓰기에선 미덕이 된다.

———
이태준

023

지역 신문에 싣는 단체 방문기를 썼는데 편집 회의에서 퇴짜 맞았다고, 아무리 고쳐도 글이 나아지지 않는다고 친구가 도움을 청했다. 원고를 봤다. 200자 원고지 15매 내외 분량. 첫 문장은 T. S. 엘리엇의 시구였고 잇달아 윤동주의 시구가 나왔다. 마지막 문단에 구전 동시가 전문 인용됐고, 세르반테스의 잠언으로 글이 끝났다. 동서고금 잠언과 명시가 망라됐다. 당연히 글의 본론에 해당하는 단체의 활동 소개는 묻혔다. 내용 없이 장황한 말잔치가 돼 버렸다.

먼저 인용한 시를 걷어 냈다. 본문 내용과 어울리는 시 한 구절만 남겼다. '말하자면', '그러니까', '모두', '다 함께', '~을 가지고', '~에 관하여', '의', '도', '들'같이 별다른 역할이 없이 자리만 차지하는 단어, 부사, 조사를 삭제했다. 단체의 설립 목적과 주요 활동은 질의 응답 형식으로 정리했다. 원고량이 삼분의 이로 줄었고 주제가 보였다.

친구에게 다듬은 원고를 보내며 퇴고의 변을 덧붙였다. 글쓰기에서 인용구는 과유불급이며 주제 전달을 돕지 않는다면 없는 게 낫다, 단체의 활동 소개만으로도 독자가 알아서 '훌륭함'을 느낄 테니 굳이 필자가 '멋지다', '대단하다'라고 칭송하지 않아도 된다, 이중 수식은 역효과가 난다 등등.

며칠 후 '산만하던 글이 깔끔해졌다'라는 칭찬을 들었고 편집 회의에서 통과됐다는 전갈이 왔다. 나도 기뻤다. 남의 글에서는 잘 보이고 내 글에서는 안 보이는 게 슬프지만, 암튼 불순물과 첨가물은 몸에도 나쁘고 글에도 해롭다. 화려한 요소가 얼마나 많은가가 아니라 불필요한 요소가 얼마나 적은가가 글의 성패를 가른다.

'쓰다'라는 동사는 작가들이 따라야 할
궁극적인 도道이다.

———
장석주

024

어느 작가가 자기 책의 리뷰를 페이스북에 올렸다. 내용이 훌륭하다며 이렇게 덧붙였다. 이분은 시를 쓰는 분이거나 적어도 매일 글을 쓰는 분 같다고. 그 구절에 혹해 링크를 눌러 보았다. 생각이 고유했고 문장이 편안하니 흐름이 매끄러웠다. 장식적인 문장으로 치장하거나 자기가 무슨 말을 하는지 모르는 글은 적어도 아니었다.

매일 글을 쓰는 사람의 글. 이 말이 무슨 훈장처럼 들렸다. 나도 한때는 매일 글을 쓰는 사람이었다. 지금은 안 쓰는 날이 있다. 『글쓰기의 최전선』을 내고 글쓰기의 최전선에서 퇴각당했다고 실없이 떠들기도 한다. 매일 쓰는 글이 주는 복락이 컸다. 자기 자신과 대화하는 기쁨을 알아 갔으니까. 산만한 일상을 뚫고 글을 쓰면서 한 호흡 가다듬을 수 있었으니까. 어쨌든 매일 써서 글 쓰는 일로 먹고살게 되었으니까.

매일 글을 썼던 그때는 내 생애 최악의 날들이었다. 일상을 망가뜨리는 일들이 자꾸 일어났다. 그 난리통에 어떻게 글을 썼을까 싶지만, 휘청이는 일상을 부여잡을 방도는 글쓰기가 유일했던 것 같다. 글을 매일 쓰지 않을 때는 일상이 정돈되지 않아 불안하다.

돌아가고 싶다. 매일 글을 쓰지만 글에 길들여지지 않던 그때로. 매일 쓰는 글 특유의 맛. 삶을 곱씹어 만든 단맛. 달지 않은 팥이 꽉 찬 단팥빵 같은 글. 그걸 누가 맛있게 먹고 말해 주면 좋겠다. "매일 글 쓰는 사람의 글이네요."

우리가 진짜 알고 싶은 것은 인간이
무엇을, 어떻게, 왜 하느냐이다.

———
잭 하트

025

나는 반려 동물을 꺼렸다. 강아지를 키우는 친구의 집에 들어가려면 현관에서 침을 한 번 삼켰다. 내 살갗에 강아지 뼈가 닿을 때 그 물컹하고 단단한 느낌이 이상했다. 발아래에 와서 맴돌면 스타킹이 긁힐까 신경이 쓰이고 무얼 요청하는 듯한 눈빛도 부담스러웠다. 무엇보다 두 아이 육아에 지쳐 강아지 털 하나 얹히는 것도 싫었다는 게 솔직한 심정이다.

글쓰기 수업을 하면서 반려 동물의 세계를 꾸준히 접했다. 열 명 중 한두 명은 강아지 혹은 고양이를 소재로 글을 썼다. 무슨 종이고 이름은 뭐고 털은 무슨 색이고 몸무게는 몇 킬로그램인지 신체 정보를 소개했다. 뽀뽀해 달라고 하면 입을 맞춘다든가, 식구들이 오기 일 분 전부터 짖기 시작한다든가, 이불을 덮고 같이 잔다든가 하는 행동 양식을 묘사했다. 그 글을 읽노라면 덩달아 나까지 반려 동물과 사는 기분에 마음이 보드라워졌다.

반려 동물이 주는 일상의 위안과 정서 교감은 기본 사양. 강아지와 매일 산책을 나가고 살 부비며 우울증이 나아진 사연은 뭉클했다. 단독 주택에서 십여 마리의 길냥이를 키우는 '캣맘'을 인터뷰한 글은 우리 주변의 제인 구달을 보는 감동을 주었다.

그 글들은 당신도 반려 동물을 키워야 한다고 주장하지 않았고, 동물을 사랑하는 법을 가르치려 들지도 않았다. 반려 동물과 살아가는 모습을 꾸밈 없이 보여 주었는데 그렇게 사오 년 볕을 쬐듯 글을 읽으며 나는 변했다. 털뭉치 고양이와 산다. 어쩌다 내 무릎에 올라와 준 고양이한테 감읍한다. 핸드폰에 고양이 사진이 쌓여 가고 고양이에 관한 글을 쓰고 싶어 호시탐탐 기회를 노린다.

필일오 必日五

김훈

'혼밥'(혼자 먹는 밥)이 일상인 시대다. 중학생 딸도 혼자 밥을 먹는 일이 많다. 아침밥을 오전 일곱 시에 먹는데, 난 밥만 차려 주지 같이 먹진 않았다. 정신이 깨어나지 않고 배가 안 고프다. 밀린 설거지를 하거나 간단한 찬을 만들며 아이가 밥 수저 뜨는 걸 등 뒤로 보곤 했다. 점심은 학교 급식을 먹는 아이는 저녁도 자주 독상이다. 학교 갔다 오면 배고파서 이른 저녁을 혼자 먹는다. 남편과 내가 약속이 있는 날에도 저녁을 스스로 챙겨 먹는 편이다.

 아이가 4인용 식탁에서 우두커니 밥을 먹는 모습을 보거나 생각하면 짠하다. 식사라는 게 위장만 채우는 활동은 아니니까. 대화도 오가고 맛있는 반찬 쟁탈전도 일어나는, 밥도 먹고 욕도 먹고 정도 먹는 생식과 교감의 장이다. 반찬이 김치찌개 하나뿐이라도 식구들이 둘러앉아 밥을 먹던 내 성장기를 생각하면 아이에게 늘 미안했다.

 그래서 며칠 전부터 나는 아침에 '눈 뜨고 얼마 후' 밥 먹는 고역을 자처한다. 아이 혼자 밥 먹지 않게 하기 위한 '봉사'다. 억지로 먹다 보니 식욕이 돌기도 한다. 밥이라는 연료로 또 하루를 살아갈 힘을 얻기도 한다. 의욕이 생기길 기다리기보다 행하여 의욕을 만들어 내고 있다. 갑자기 아침이 분주해졌다. 소설가 김훈이 책상에 '필일오'라고 써 붙여 놓고 규칙적으로 글을 쓴다는데, 나의 '필일오'는 두 가지다. 매일 아침 다섯 수저씩 밥을 뜨고 원고지 5매씩 글을 쓰고.

작가의 재능이란 사람들이 생각하는
것만큼 희귀하지 않다. 오히려 그 재능은
많은 시간 동안의 고독을 견디고
계속 작업을 해 나갈 수 있는 능력에서
부분적으로 드러나기도 한다.

리베카 솔닛

027

"내가 아우슈비츠의 시간을 경험하지 않았더라면 절대 글을 쓰는 일은 없었을 것이다. 아마 글을 써야 할 동기를 찾지 못했을 것이다. 학생 때 내 이탈리아어 성적은 보통이었고 역사 성적은 형편없었다. 내가 특별히 흥미를 느낀 과목은 물리와 화학이었다. 그래서 나는 화학자라는 직업을 선택했다. 글을 쓰는 세계와는 전혀 공통점이 없는 직업이었다. 수용소의 경험이 나로 하여금 글을 쓰게 했다."

아우슈비츠 생존 작가 프리모 레비는 자신이 글을 쓰게 된 계기를 『이것이 인간인가』에서 이렇게 고백한다. 어느 화학자가 죽음의 수용소를 통과하고 작가가 되었다는 사실이 내겐 너무 강렬했다. 무엇이 한 사람으로 하여금 글을 쓰게 할까. 그것이 항상 알고 싶었다. 글쓰기에 관한 열쇠를 하나 찾아낸 것 같아 반가웠다.

나는 글쓰기에 재능이 그리 중요하지 않다고 생각한다. 글 쓰는 일은 지겹고 괴로운 반복 노동인데 그 고통을 감내할 만한 동력이 자기에게 있는가. 재능이 있나 없나 묻기보다 나는 왜 쓰(고자 하)는가를 물어야 한다고 여긴다. 프리모 레비는 동기가 분명했다. 그럼에도 피로 물든 수용소의 기억을 일일이 들춰내고 복기하는 일이 얼마나 고역이었을까. 그러나 그 무참한 죽음과 끝 모를 수치가 몸속에 쌓여 있다면 또 어떻게 살아갈 수 있었을까 싶다.

그는 1945년 아우슈비츠에서 살아 돌아와 2년 뒤『이것이 인간인가』를 발표하고 마지막 책『가라앉은 자와 구조된 자』를 내는 동안 르포르타주와 소설 등 여러 권의 책을 남겼다. 그의 고백대로 '인간에 대한 지칠 줄 몰랐던 관심'이 아니었다면 불가능했을 작업이다. 쓸 수도 없고 안 쓸 수도 없는 딜레마에 놓인 한 사람은 어떤 선택을 한다. 쓰는 고통이 크면 안 쓴다. 안 쓰는 고통이 더 큰 사람은 쓴다.

인식에 이르는 길 위에서 그렇게 많은
부끄러움을 극복할 수 없다면 인식의 매력은
적을 것이다.

———————

프리드리히 니체

028

'문학은 용기다'라는 명제를 처음 봤을 때 곧장 와 닿지 않았다. 문학은 언어 예술이고 용기는 굳센 기운인데 무슨 상관이 있지 했다. 꾸준히 글을 읽고 쓰면서 그 깊은 의미를 알아챘다. 좋은 글에는 금기와 위반이 있다. 차마 말하지 못했던 것들을 드러내고 감히 생각할 수 없었던 것들을 밝혀낸다. 작가의 용기에 탄복하고 작가의 용기에 전염된다.

어쩌면 용기란 몰락할 수 있는 용기. 어설픈 첫 줄을 쓰는 용기, 자기를 있는 그대로 드러내는 용기, 진실을 직면하는 용기, 남에게 보여 주는 용기, 자신의 무지를 인정하는 용기, 다시 시작하는 용기……. 도돌이표처럼 용기 구간을 왕복하는 일이 글쓰기 같다. 오죽하면 이성복 시인이 말했을까. "글쓰기는 오만한 우리를 전복시키는 거예요."

처음엔 나의 생각과 감정을 담아 남들 앞에 내놓는 일이 쑥스러워 몸이 굽었다. 그래도 굽은 몸으로 꾸준히 쓰고 의견을 냈다. 안 쓰고 안 부끄러운 것보다 쓰고 부끄러운 편을 택했다. 부끄러움 총량의 법칙이 있는지, 왕창 부끄럽고 나면 한결 후련했다. 부끄러워야만 생각하므로 부끄럽기로 자처한 측면도 있다. 자신의 어리석음을 아는 자기 인식이야말로 쾌감 중 으뜸임을 알았다.

부끄러움과 대면하는 '용기 구간'은 저마다 길이가 다를 텐데, 글쓰기 수업을 두 차례 들은 하인은 이런 후기를 남겼다. "이전 수업에는 쓸 말이 없어서 애를 먹었고, 이번 수업에는 쓴 글을 줄이느라 애를 먹었다. 달라진 점은 하고 싶은 말이 생겼다는 것과 나를 드러내는 부끄러움이 줄었다는 것이다."

사랑에 빠진 남자는 자신이 읽는
모든 책에서 사랑하는 여인의 모습을
찾아보게 된다.

———————

발터 벤야민

029

한동안 연락이 뜸한 선배를 만났더니 요즘 글쓰기를 배운다고 한다. 오래도록 기업과 파트너로 일한 그다. '갑'의 비위를 맞추는 작업만 했더니 자기 감각이나 느낌을 잃어버렸다며 글을 써 보기로 했단다. 그런데 뜻대로 써지지 않는다며 '글 쓰는 사람 대단하다'를 연발했다. 중단 없는 말들이 쏟아졌다. 숙제하느라 수업 전날 밤을 새웠다, 책을 옆에다 쌓아 놓고 쓰게 되더라, 국어사전이 큰 도움이 됐다, 한번 글을 붙잡으면 끝낼 수가 없다 등등.

그 표정이 흡사 사랑에 빠진 스무 살이다. 사로잡힌 자에게 나오는 달뜬 눈빛. 달아나는 감정을 붙드느라 빨라지는 말투. 일상에 침투한 낯선 사건을 낱낱이 풀어내려는 의지가 흘러넘쳤다. 나까지 덩달아 열정에 도취되는 찰나 선배가 한다는 말. "나 성욕도 싹 사라졌다."

선배는 이성애자. 살이 그립거나 존재가 외롭다거나 하는 생각이 날 틈이 없다는 거다. 제대로 빠졌구나 싶어 웃음이 났다. 그럴 수 있다. 글쓰기 행위 자체에 성애의 요소가 있다. 존재(필자)와 존재(글감)가 내통하고 감응하여 새로운 감각과 세계의 층위를 열어 간다는 점에서 그렇다. 리비도가 오가며 서로의 속성이 달라지는 진한 애정 행각이다. 김용택 시인의 말대로, 길가의 풀 한 포기도 당신으로 연결되는 게 사랑이라면 글 쓰는 자의 신체가 딱 그렇다. 세상 만물의 질서가 글쓰기로 새편집되는 신비 체험이다.

나는 여러분에게 아무리 사소하거나
아무리 광범위한 주제라도 망설이지 말고
어떤 종류의 책이라도 쓰라고
권할 것입니다. 무슨 수를 써서라도
여행하고 빈둥거리며 세계의 미래와 과거를
사색하고 책들을 보고 공상에 잠기며
길거리를 배회하고 사고의 낚싯줄을
흐름 속에 깊이 담글 수 있기에 충분한 돈을
여러분 스스로 소유하게 되기를 바랍니다.

버지니아 울프

저자로 이름이 나간 첫 책은 『황제처럼』이다. 남극의 영하 60도의 추위에서 살아가는 황제펭귄의 생애 주기를 담은 포토 에세이로 MBC 송인혁 촬영감독이 사진을 찍고 내가 글을 썼다. 이 책을 내면서 저자 소개에 '데이트 생활자'라고 적었더니 보는 사람마다 물었다. "데이트 생활자가 뭐예요?"

여행 다니면서 먹고사는 사람을 '여행 생활자'라고 하는 것에 착안했다. 그러니 데이트 생활자란 데이트하면서 생계를 영위하는 사람쯤 된다. 데이트는 서로 사귀려고 만나는 일. 사전의 정의 그대로다. 자유 기고가로 일할 때 내 주업무는 인터뷰로 사람을 만나 농밀한 대화를 나누는 일이었다. 차 한 잔 앞에 두고 말을 섞으며 한 사람을 알아 가는 재미에 빠졌으니 진한 데이트를 즐긴 셈이다. 집으로 가는 길엔 데이트의 감동이 문장으로 번역돼 머릿속에 둥둥 떠다니곤 했다.

더 이전으로 거슬러 가면, 이삼십 대의 나는 풍류 생활자였다. 육아와 살림이 녹록지 않긴 했지만 전업주부로서 여가 시간을 누릴 수 있었다. 그 시절 목적 없이 단지 좋아서 빈둥거리며 읽은 책, 그냥 쓰고 싶어서 쓴 글, 보고 싶어서 본 영화나 공연, 시집 한 권 가방에 넣고 다니며 술 마시다가 꺼내 읽던 짓이 나의 정서에 자양분이 된 것 같다.

일과 놀이가 분리되지 않는 삶. 인생의 한 시절 유유자적 '황제처럼' 보냈던 힘으로 밥벌이에 묶인 지금을 산다. 글 감옥에 갇힌 수인 생활도 만족스럽지만, 가끔 보고 싶다. 헐렁한 시간에 담겨 놀 궁리, 쓸 궁리만 하던 데이트 생활자인 내 모습이.

사람이 받는 영향이라는 것은 자기가
필요한 것을 받는 거지, 바른 이해나 영향
자체의 좋고 나쁘고 한 것은 별 관계가
없는 일이다.

———

김우창

낮에는 직장, 밤에는 대학에 다니는 선배의 부탁으로『이갈리아의 딸들』을 읽고 원고지 30매 분량의 리포트를 대신 써 준 적이 있다. "너 필력 아까워. 제대로 글 써 봐." 예상치 못한 칭찬에 스물둘 나는 가슴이 콩콩 뛰었다. "이런 글은 우리만 보기 아까워요. 글로 돈을 벌어도 될 것 같아요." 인터넷 동호회에 게시물을 올리면 호의 가득한 댓글이 가끔 달렸다. 삼십 대에 들어선 나는 스무 살 적처럼 만면에 웃음이 번졌다. 등 두드려 주는 말들을 오래 만지작거렸다.

글과 관련된 칭찬이나 덕담을 나는 다 삼켰는데 그러고 나면 도둑고양이가 된 것 같았다. 나는 탐했다. 누군가 무심코 흘린 반짝거리는 말들을 훔쳤다. 그리고 그 말들을 자주 꺼내 보았다. 아직 없는 그것을 원래 있던 그것처럼 쥐도 새도 모르게 채워 넣으려고 했다. 한 줄이라도 더 쓰고 더 다듬어 나의 은밀한 초조를 다스렸다.

내게 미미한 재능과 막연한 욕망이 있었더라도 저 사카린같이 당도 높은 환각의 말들이 없었더라면 나는 글을 쓰지 못했을 것이다. 쓰다가 힘들면 말았겠지.

시간은 수학적 단위가 아니라
감수성의 의미론적 분할이다.

롤랑 바르트

032

부모 교육을 위한 글쓰기 수업 첫 시간. 돌아가면서 자기소개를 하는데 "글쓰기 수업인 줄 모르고 왔어요", "저한테 아무것도 시키지 말아 주세요" 한다. 서슴없는 자기방어에 무안했다. 나는 '학부모'의 언어로 협상을 시도했다. "네, 좋아요. 근데 학기 초에 학부모 참관 수업 가서 애들이 발표 안 하면 집에 와서 혼내시잖아요. 너는 왜 한마디도 안 하냐고. 이제부터 애들한테 뭐라고 하시면 안 돼요."

다들 멋쩍게 깔깔깔. 글쓰기는 정답을 찾는 시험이 아니라고, '활자'를 매개로 한 정교한 수다이거나 묻고 답하는 대화 같은 거라고 안심시켰다.

교재로 준비한 유년에 관한 짧은 산문을 읽었다. 어떤 이가 "엄마가 올까. 오고말고……." 하는 대목을 짚더니 자기 어릴 적 사정도 이랬다고 말한다. 혼자 아들을 키운다는 중년 남성은 우리 애도 엄마를 기다릴지 모르겠다고 말한다. 저마다 산문에 비추어 유년의 자기를 보고 또 자기가 키운 아이를 본다. 겹눈으로 본다.

더딘 몰입. 매주 더 당겨 앉고 더 벗겨 낸다. "그동안 부모 교육을 무척 많이 다녔는데 나한테 뭘 하라는 건 처음이에요. 이런 기회가 없었어요." 글쓰기와 내외가 심하던 그들이다. 학부모의 옷을 벗고 자신과 만나는 어색한 재미에 빠져든 표정이 발그레하다. 한 사람에게 글 한 편이 나오는 데 여섯 주가 걸리기도 한다는 걸, 나는 배운다.

나는 언어가 살아 있는 한
언젠가 자기 모습을 드러낼 모든
독자들을 위해 쓴다.

귀스타브 플로베르

033

어느 오월의 마지막 토요일, 비 그친 뒤 학인들과 야외 수업을 나갔다. 양화진 근처 백주년기념교회 성지. 높은 언덕 위의 평원이다. 고향 같은 커다란 느티나무가 여러 그루 있어 그늘이 넓게 퍼지니 여럿이 모여 글 읽기 더없다.

수업 교재는 권혁웅의 『마징가 계보학』. 온갖 영화와 만화와 연예인 등 하위 문화 캐릭터와 등장인물을 내세워 가난한 유년 시절의 일상을 담은 시집이다. 시인은 밥상에서 접시가 날아다니는 폭력이 새긴 마음의 왜곡을 무겁지 않고 재치 있게 뽑낸다. 아니, 뽑아낸다. 좋은 책이 그러하듯 이 시집도 위안과 용기를 준다. 학인들은 이 책을 읽고 나면 '나도 써 보고 싶다'며 의욕을 갖는다.

그날 야외 수업의 발표자 학인도 이 시집에 감응해 긴 글을 써 왔다. 우리는 돗자리에 무당벌레처럼 엎드려서 햇살을 등에 업고 글 낭독하는 소리에 빠져들었다. 두 아이의 성장기에 그어진 핏자국의 서사는 눈을 뗄 수 없게 만들었다. 침 삼키는 소리 하나 들리지 않다가 같온 대목에서 스윽, 밑줄 긋는 소리가 났다.

"모든 슬픔은 당신이 그것들에 관해 이야기를 할 수 있다면 견뎌질 수 있다."

나에게 일어난 일은 시차를 두고 누군가에게도 반드시 일어난다고 했던가. 정말로 그렇다면 자기 아픔을 드러내는 일은 그 누군가에게 내 품을 미리 내어 주는 일이 된다. 『마징가 계보학』을 읽고 그가 글을 썼듯이, 그의 글을 읽고 또 누가 글을 쓰겠지. 몸을 어루만지는 오월의 햇살 같은 슬픔의 공동체를 상상한다.

작가의 임무는 평범한 사람들을 살아 있게
만들고, 우리가 평범하면서도 특별한
존재라는 사실을 일깨워 주는 것이다.

나탈리 골드버그

034

"엄마, 고양이 코에 색이 빠졌어." 딸아이 표정이 어둡다. 고양이가 우다다 하면서 한바탕 신나게 놀면 생기가 돌고 그 징표로 코가 분홍색이 되는데 지금은 색이 흐리다는 거다. 고양이 '안색'을 '코 색'으로 살핀다. 알고 나서 살펴보니 정말 그렇다. 고양이 분홍 코의 채도가 변했다.

"엄마, 고양이 꼬리 또 커졌어." 딸아이 목청도 덩달아 커진다. 고양이랑 논다며 몸을 바닥에 낮추고 짐승 소리를 내며 위협적인 포즈를 취했더니, 그런 자기를 고양이가 적으로 인식하고 몸을 부풀린다는 거다. 진짜로 가늘고 긴 꼬리가 너구리 꼬리처럼 팽창했다.

"엄마, 고양이가 내 입 냄새 맡고 헛구역질한다." 딸아이가 고양이 얼굴에 자기 얼굴을 바짝 대고 '후' 하고 입김을 불어넣으니까 고양이가 고개를 슬그머니 돌린다. 나는 웬 비위 상하는 짓을 하냐고 타박하지만 원시적인 교감이 이뤄지는 둘 사이가 부럽기도 하다.

딸아이의 고양이 판린 발화들. "코 색이 빠졌다", "코의 경계가 뚜렷하다", "물을 마셨는지 코가 촉촉하다", "더워서 입을 벌리고 잔다", "얼굴에 비해 귀가 크다", "발바닥 '젤리'를 만지면 싫어한다", "졸려서 무표정하다", "등의 갈색 점이 제일 크다" 등등 24시간 밀착 감응과 보호 관찰의 말에서 나는 딸아이의 고양이 사랑을 읽는다. 그 독자적인 안목과 문체는 평범한 고양이가 특별한 존재라는 사실을 일깨워 준다. 사랑이라는 낱말을 쓰지 않고 사랑을 표현한다.

둔필승총 鈍筆勝聰

정약용

035

강준만은 『글쓰기의 즐거움』에서 글쓰기 의미를 두 가지로 구분했다. 스타일 중심의 글쓰기와 메시지 중심의 글쓰기. "내 글은 스타일에 약하고 '메시지 실용주의'에 경도돼 있다"라고 말한다. 실제로 그의 글엔 자료와 인용이 많다. 퀼트처럼 정보를 엮어 생각의 무늬를 만든다. 단행본만 이백 권 이상 출간했다는 그는 책 공장으로도 불린다. 창작자보단 편집자형 필자다.

　　소설가 김훈은 어느 인터뷰에서 자신의 서재에 백과사전과 도감 종류의 책만 남겨 두었다고 했다. 그는 '팩트주의자'로 통한다. "정보와 사실이 많고 그것이 정확해야 하며 그 배열이 논리적이고 합리적이어야 한다"라고 강조한다. 물론 그는 팩트의 벽돌로 미문의 성채를 쌓아 올리는 스타일리스트이기도 하다.

　　『씨네 21』의 편집장 주성철은 기자나 작가가 쓰는 글이 성질은 다르지만 취재가 근본이라는 점은 같다며 이렇게 말한다. "후배 기자들에게 제발 '그냥' 쓰지 말라고 잔소리를 한다. 어떻게 써야 할지 모르겠으면 관련 자료라도 왕창 찾아서 읽어라, 우리 때는 인터넷도 없었어라며 아재 인증을 빼놓지 않는다. 기자의 시각도 취재한 만큼 정교해지고 작가의 이야기는 취재한 만큼 풍부해진다. 그래서 이런 글이나 저런 글이나 결국 풍부한 팩트가 중요하다. 침대가 과학이듯이 팩트가 곧 감정이다."

　　다른 듯 닮은 말. 글쓰기가 막막하지 않은 적이 없었지만, 특히 막막할 땐 나 역시 자료부터 무작정 모은다. 제주 출신 간첩 조작 사건의 피해자 인터뷰 기사를 쓰기 위해 김효순의 『조국이 버린 사람들』과 현기영의 『순이 삼촌』을 읽었다. 정보를 챙기고 관련 언어를 익혔다. 글 쓰는 사람이 아는 게 많아야 퍼 줄 것도 많다고 생각하면 절로 손이 바쁘다. 누군가 글쓰기가 막막하다고 하소연하면 난 자료부터 찾으라고 한다. 감각적 글발보다 탄탄한 자료가 글쓰기에 실질적인 도움을 준다. 자료가 글쓰기를 자유롭게 한다.

삶에서, 의미란 순간적인 것이 아니다.
의미는 관계를 짓는 과정에서 발견된다.

———

존 버거

036

홍대 땡스북스. 이십 분쯤 미리 가서 커피를 시키고 소파 빈 자리에 앉았다. 습관처럼 가방에서 책을 꺼냈다. 책을 뒤적이는 사람들이 앞에서 서성이고 창밖에는 책방을 흘끗거리는 사람들이 지나간다. 사람과 책과 간간이 들리는 커피 머신의 소음에 몸이 나태로 빠져든다. 무릎에 쿠션을 괴고 느리게 책장을 넘겼다.

늦어서 미안하다는 말이 들려 고개를 드니 그 사람이 서 있다. 약속한 시간에서 이십 분이 흐른 걸, 늦겠다는 문자가 온 걸 모르고 있었다. 밥을 먹기 위해 장소를 옮기려고 일어났는데 책 한 권 고르라고 한다. 선물해 주겠다고. 전부터 책 한 권 선물하고 싶었다고.

저 자비로운 충동의 말, 여기 있는 것 중에 마음대로 고르라는 말. 드라마 남자 주인공의 대사 같았다. 한 번쯤 처하고 싶은 뜻밖의 상황이었을까. 딴청 피우듯 접수한다. 교보문고 서가처럼 비현실적이지도 않다. 모델하우스 너른 거실 정도의 아담한 책방, 품에 꼭 안기는 이 요망스러운 책들.

보랏빛 융단에 반원으로 펼쳐진 타로 카드에서 한 장을 고르는 놀이 같다. 마음은 이 꽃에서 저 꽃으로 옮겨 다니는 꿀벌처럼 바쁘다. 너무 망설이면 '이성의 사고'가 작동할 것 같아 왼손의 직관으로 한 권 집었다. 어쩐지 내 취향과 반음계 정도 어긋나 여기서 책을 산 적 없었다. 첫 책이다. 삶의 심부름에 나선 책들. 안 보던 책을 보는 일은 안 쓰던 글을 쓰게 할 테니, 세상에 아무 책은 없다.

정체성에 대한 인정은 특정한 서사 내용에 대한 인정이 아니라, 서사의 편집권에 대한 인정이다.

김현경

"저는 나이가 많습니다. 70살인데 결혼을 안 했고 자식이 없고 남들과 다른 삶을 살았습니다." 한 지역 평생학습관 강좌 첫 시간, 한 여자 학인이 떨리는 음성으로 자기를 소개했다. 일흔에 비혼 여성? 일정한 나이에 진학, 취업, 결혼, 출산의 행로를 가지 않으면 한국 사회에서는 불편을 겪는다. (중년 여성은 무조건 '어머님'으로 불린다.) 왜 남들처럼 살지 않는지 설명을 요구받는다. 그 번거로움을 그는 예사롭게 자처했다.

이후 그는 시골에서 난치병을 앓는 여자아이로 성장한 이야기, 건강과 배움을 박탈당했다가 되찾아 가는 사연을 글로 썼으나 자기 생애를 '장애 극복'의 휴먼 스토리로 일반화시키지 않았다. 아프니까, 여자니까, 늙었으니까 등 매순간 걸림돌이 됐을 요인을 삶으로 통합해 냈다. 그 연장선상에서 거침없는 자기소개가 가능했던 것이다.

"스물다섯 해 동안 글을 모르고 살았다." 한 남자 학인이 발표한 글의 첫 문장이다. 난 또 움찔했다. 그는 때밀이, 막노동꾼, 공장노동자, 노벨 종업원을 진전히다가 "직업을 당당하게 말하고 싶어서" 중장비 기술 자격증을 15개나 따고, 독해력을 높이고자 인문학 공부를 시작했다며 이렇게 썼다. "책을 읽으면 똑똑해지는 줄 알았는데 사람의 마음을 이해하게 되고 공감 능력이 좋아졌다. 내가 바라는 것은 똑똑한 인간이 되는 건데 참 이상했다." 이어 고백한다. "글을 몰랐을 때는 항상 움츠리고 사람들과 소통하는 능력도 없었고 자신감 없이 살았다. 글을 배우면서 내 생각을 당당하게 이야기하고 공감할 수 있고 인간으로서 성숙한 삶을 살아가는 데 도움이 됐다." 이곳 수업에서 난 '평생' 학습의 본디 뜻을 배웠다. 어떤 이들은 평생 배우고 쓴다지만 특정한 서사를 주어진 틀 안에서 되풀이하고, 어떤 이들은 뒤늦게 배우고 쓰면서 자기 인생의 저자가 된다. 자기가 누구인지 '기죽지 않고' 말할 수 있는 사람이 되는 것이다.

자기 자신을 글로 표현하는 것을 자기만의
운동으로 삼으라.

―――――

엘렌 식수

038

하자 센터 로드스콜라에서 글쓰기 수업을 맡게 됐다. 개강을 앞두고 대표 교사를 만나서 수업 진행 방식과 유의 사항을 전해 들었다. 그는 아이들이 고개 숙이고 안 듣는 것 같아도 다 듣고 있으니 걱정 말라며 말했다. "아이들은 사회적 표정이 없어요. 돈을 안 벌어도 되잖아요." 그도 웃고 나도 웃었다. 그는 또한 청소년과 수업해 본 경험이 없는 교사들은 당황한다며 "아이들 표정에 지지 않아야 한다"라고 당부했다.

며칠 후 첫 수업을 마쳤다. 사회적 표정이 없는 존재들과의 만남에 기대 반 우려 반으로 임했으나 무탈하게 끝났다. 이십 분처럼 두 시간이 지나갔다. 사실 난 이분법으로 분류했다. 청소년은 사회적 표정 없고, 어른은 사회적 표정 있고. 그런데 막상 해 보니 어른 수업과 별다른 차이가 없었다. 왜일까 하는 물음을 안고 어른 학인의 수업에 임했다.

어른들은 글로 썼다. 돈 버는 관계의 피로감, 부당함, 모욕감을 글로 썼다. 사회학자 엄기호 말대로 내내 공부만 하고 살았는데 "자의식은 높고 자기 의견은 없"는 사람이 됐다며 나답게 사는 법을 몰라 뒤척이는 글을 썼다. 사랑과 욕망의 시간을 불러내 사회적 표정에 눌린 감각 세포를 일깨우는 글을 썼다. 그러니까 어른에게 글쓰기는 사회적 표정을 조심스럽게 벗겨 내는 행위였다. 돈과 나를 맞바꾸는 거래가 본격화되기 이전의 '나'를 만나는 일, 자기의 사회적 표정과 대결하며 본래의 표정을 되찾는 일이 어른의 글쓰기일지도 모르겠다.

문체란, 작가가 어떤 사실을 진술할 때
드러나는 그 사람만의 고유한 어색함이다.

어니스트 헤밍웨이

039

김승옥의 『무진기행』에 좋아하는 문장이 있다. "나는 그 여자에게 '사랑한다'고 말하고 싶었다. 그러나 '사랑한다'는 국어의 어색함이 그렇게 말하고 싶은 나의 충동을 쫓아 버렸다." 이 대목이다. 다시 봐도 마음이 간질거린다. 밑줄을 그어 두고 연구했다. 만약 나라면 이 상황을 어떻게 썼을까.

'사랑한다는 말의 어색함'이라는 표현이 일반적이다. 김승옥은 사랑한다는 '국어의 어색함'이라고 썼다. 사랑한다는 '말'의 어색함이나 '단어'의 어색함이나 '언어'의 어색함이나 '표현'의 어색함이 아니고 '국어'의 어색함이다. 국어라는 단어가 읽다가 탁 걸린다. 그래서 절묘하다. 나는 김승옥의 이 어색한 문장을 글쓰기 수업에서 단어 선택의 중요성을 설명하는 사례로 제시하곤 한다.

'국어'는 우리나라 언어다. '사랑'이라는 말은 흔하디흔하다. 문학에서 드라마에서 유행가에서 천만 번은 재생되어 신물 나는 말이지만 막상 사람들은 평생 몇 번이나 쓸까. '사랑한다'는 말은 부자연스럽다. 그러니 『무진기행』의 주인공 윤희중의 허무하고 계산적인 속내를 구현하는 도회인의 독백으로 "사랑한다는 국어의 어색함"이란 표현은 더없다.

국어의 어색함을 나도 써먹고 싶다. 자동 진술 같은 능숙함보다 자기 진술에 다가가는 시도에 따르는 어색함을 사랑해야지.

아프게 하지도 가렵게 하지도 못하고,
구절마다 범범하고 우유부단하기만 하다면
이런 글을 대체 얻다 쓰겠는가?

———
박지원

040

"휴전이 되고 집에서 결혼을 재촉했다. 나는 선을 보고 조건도 보고 마땅한 남자를 만나 약혼을 하고 청첩장을 찍었다. 마치 학교를 졸업하고 상급 학교로 진학을 하는 것처럼 나에게 그건 당연한 순서였다. 그 남자에게는 청첩장을 건네면서 그 사실을 처음으로 알렸다. 어떻게 이럴 수가 있냐고, 믿을 수 없다는 표정을 짓고 나서 별안간 격렬하게 흐느껴 울었다. 나도 따라 울었다. 이별은 슬픈 것이니까. 나의 눈물에 거짓은 없었다. 그러나 졸업식 날 아무리 서럽게 우는 아이도 학교에 그냥 남아 있고 싶어 우는 건 아니다."

박완서의 단편 「그 남자네 집」에 나오는 대목이다. 감탄사가 나왔다. 있는 그대로 사실 묘사만 정확해도 진실이 드러난다. 거짓으로 우는 건 아니지만 그냥 남아 있고 싶어 우는 것도 아니라니. 눈물의 이중성에 관한 탁월한 보고다.

마음의 일들을 밝혀 낸 글에 끌린다. 내 마음 나도 몰라 울다가 이런 글을 만나면 웃는다. 문장을 낱낱이 뜯어 본다. 동사부터 동그라미 친다. 재촉했다, 찍었다, 알렸다, 울었다. 주어와 술어의 호응이 명료하다. 하나의 문장에 하나의 사실이 완강하다. 최소의 문장이 짧게, 길게, 길게, 짧게 리듬을 탄다. 사건과 감정을 끝까지 응시하는 힘까지. 좋은 글의 요소를 모두 갖췄다.

신기한 것들에 한눈팔지 말고,
당연한 것들에 질문을 던지세요.

이성복

"우리도 편의점 많이 털었지. 배고프면 밥을 먹어야 되잖아. 돈 없으면 훔쳐서라도 먹는 게 다 살려고 그러는 거야. 근데 사람들은 '나쁜 짓 하지 마라'고만 하잖아. 그렇게 얘기하기 전에 이 사람의 환경에 도움을 준 것도 아니면서 손가락질만 하고 욕만 하잖아. 근본적으로 이 사람이 왜 이렇게 되는지 세상 사람들은 중요하지 않아."

글쓰기 수업에서 한 학인이 가출 청소년을 인터뷰했다. 그 아이의 말이다. 빌헬름 라이히도 『파시즘의 대중심리』에서 같은 이야기를 했다.

"배고픈 사람이 음식을 도둑질하거나 착취당한 사람이 파업을 한다는 건 당연하다. 오히려 설명되어야 할 것은 배고픈 사람들 중 대부분이 왜 도둑질을 하지 않으며 착취당한 사람들 중의 대부분이 왜 파업을 하지 않는가 하는 사실이다."

인터뷰를 담은 원고지 50매 분량이 밑줄 그을 내용투성이었다. "우리를 바꾸려고 하는 게 아니라 우리를 보는 안 좋은 시선을 바꾸려고 노력했으면 좋겠다"라며 글이 끝난다. 삶은 이렇게 늘 글을 초월한다. 아이는, 나는 이제 어떻게 살 것인가. 아이의 말은 어느 철학자의 말처럼 나를 자꾸 큰 물음 앞으로 데려다 놓는다.

세상이 따뜻하고 정상적으로 보이면 시를
못 쓰게 되지요. 그건 보통 사람의 세상으로
들어가는 것이니까요.

———
최승자

포항에서 월, 화 이틀을 보내고 돌아오는 길. 기차에서 최승자의 시집을 폈다. 언제 넣어 둔 건지 마른 낙엽이 툭 떨어졌다. 책장을 넘기자 시편들에서 '포항', '구룡포' 같은 지명이 굴러 나온다. 이게 무슨 우연인가 갸웃거리다 퍼뜩 떠올랐다. 그렇다. 시인이 정신 분열증으로 유배된 도시가 포항이었다. 포항. 그 포항.

"포항에 병문안 가야 하는 거 아니니?" 2010년 어느 날 밤, 『조선일보』에 최승자 시인 인터뷰 기사가 나온 걸 본 친구가 전화해 다급한 목소리로 말했다. 기사에는 키 149센티미터, 체중 34킬로그램으로 삭은 몸, 책갈피에서 얇아진 낙엽 같은 시인이 들어 있었다. 시인의 눈빛과 정신은 여전히 형형했다. 가령 당신은 어쩌다 폐인처럼 됐느냐는 기자의 질문에 이렇게 말한다.

"문학은 슬픔의 축적이지, 즐거움의 축적은 아니거든요. ……세상이 따뜻하고 정상적으로 보이면 시를 못 쓰게 되지요. 그건 보통 사람의 세상으로 들어가는 것이니까요."

시인의 이 말을 한동안 품고 살았다. 타락한 세상에 진저리 칠 때마다 그런 세상에 별일 없이 사는 나를 볼 때마다 한탄하지 아니하고 써 내려갈 이유를 얻었다. 시인의 눈으로 세상을 더듬어 보았다. 다른 무엇이 보일까 두리번거렸다.

그리고 몇 년 후 포항에 닿은 나는, 포항 바다는 왜 서해처럼 잿빛에 이토록 쓸쓸한가 의심만 했다. 포항을 떠나는 길에서야 가방에 넣은 시집을 꺼내고 그곳에 두고 온 시인을 만난다. "책상 앞에서가 내 인생의/ 가장 큰 천국이었음을 깨닫는다"라는 포항의 최승자를.

벌거벗은 자신을 쓰라. 추방된 상태의,
피투성이인.

———————

데니스 존슨

043

가끔 항의를 받는다. 글쓰기 수업에서 왜 이리 무겁고 우울한 책만 읽느냐고. 일주일 내내 기분이 가라앉아 혼났다고 나와 눈도 안 마주치고 말한다. 원망스러운 것이다. 이런 반응이 오면 좋다. 언어에 감염된 그 사람이 아름다워 보인다. 애잔하기도 하다. 책 속의 말들이 자신의 아픈 경험을 바늘처럼 콕콕 찌른 것일 테니.

나는 일부러 어두운 정조의 책을 고른다. 제목이 비장한 『어떻게 죽을 것인가』, 세월호 유가족 인터뷰집 『금요일엔 돌아오렴』, 최승자 시집 『쓸쓸해서 머나먼』 같은 죽음, 상실, 고통, 허무를 말하는 책들. 이유가 있다. 사람이 살면서 기쁜 일은 말할 데가 많다. 친구에게 자랑하거나 페이스북이나 블로그에 공개하면 된다. 나 상 받았어. 나 합격했어. 나 책 나왔어. 나 여행 갔어.

그렇지만 슬픈 일은 터놓을 마땅한 장이 없다. 복잡한 서사와 감정이 중첩되어 몇 마디 말로 설명하기 어렵고 말하고 나도 영 개운치 않다. 자기 슬픔을 내보이면 약점이 되기도 한다. 이해관계로 얽힌 경쟁 사회에서 슬픔 말하기는 금기다. 슬픔이 노폐물처럼 쌓여 갈 때 인간의 슬픔을 말하는 책은 좋은 자극제다. 슬픔을 '말하는 법'을 배우고 슬픔을 '말해도 괜찮다'는 용기를 준다.

슬픈 책을 읽고 슬픈 일을 꺼내 슬픈 글로 쓰면 슬픈 채로 산다. 살아갈 수 있다. 왜 슬픈 책을 읽느냐는 항의는, 나는 슬프다는 인정이고, 슬픈 사람은 할 말이 많게 마련이며, 거기서부터 글쓰기는 시작된다.

한 가지를 이해하는 사람은
어떤 것이라도 이해한다. 만물에는 똑같은
법칙이 들어 있기 때문이다.

───────

오귀스트 로댕

044

평범한 여성들과 이야기하다 보면 그들의 인식 능력과 지적 적용력에 놀라는 경우가 많은 반면, 전문직 종사자나 여론 주도층 인사들은 강의가 너무 어렵다고 하소연한다고 여성학자 정희진은 『페미니즘의 도전』에서 말한다. 나도 글쓰기 수업에서 종종 느낀다.

넓은 의미의 주부들, 몸을 움직이는 사람들은 문학, 철학, 사회학 등 텍스트 이해가 빠르고 정확한 편이다. 정희진의 언어대로 "모욕, 불편, 고통이 일상"인 사회적 약자의 힘 같다. 결혼하고 아이 낳고 살림하는 건 타인과 부대낌의 연속이다. 불가해한 남편과 행복과 번뇌의 근원인 아이들, 시금치도 싫어지게 한다는 시댁 식구까지 면면이 다 제각각이다. 관계에서 자기 목소리를 내기 어렵다. 타인의 목소리와 표정과 심경을 헤아리는 해석 노동을 전담하게 된다.

아르바이트생도 감정 노동을 피할 수 없다. 부모의 다툼을 보고 자란 자식도 불안을 안고 산다는 점에서 '을'의 입장은 마찬가지다. 억울한 것도 불편한 것도 복받치는 것도 궁금한 것도 많아 신경 세포가 늘 예민하게 살아 있으니 '빨간 약'처럼 스미는 문장이 많은 것 같다.

반대로 외부와 접점 없이 오직 학교에서 제한적인 관계를 맺고 공부만 한 사람이나, 주로 대접받고 산 '갑'의 자리에 있는 전문직 종사자는 섬세한 표현이나 인식에 취약하다. 특히 시를 어려워한다. 아마도 슬픔, 기쁨, 불안, 전율, 울분 등 정서 작용으로 인한 내면의 지층이 형성될 기회가 적었기 때문이 아닐까 싶다.

공부는 독서의 양 늘리기가 아니라 자기 삶의 맥락 만들기다. 세상과 부딪치면서 마주한 자기 한계들, 남을 이해하려고 애쓰면서 얻은 생각들, 세상은 어떤 것이고 사람은 무엇이다라는 정의를 내리고 수정해 가며 다진 인식들. 그러한 자기 삶의 맥락이 있을 때 글쓰기로서의 공부가 는다.

글쓰기의 실천은 기본적으로 '망설임들'로
꾸며집니다.

———

롤랑 바르트

045

집 앞 버스 정류장 앞에 허름한 가게가 있다. 건물과 건물 사이 천막을 치고 만든 점포니까 번듯한 가게도 아니고 노점도 아니다. 그 경계에 자리한 좁고 긴 가게에서 채소, 과일, 잡곡, 약초, 반찬을 판다. 노모와 다리가 불편한 중년 아들이 주인인데 무척 부지런하다. 저녁 여덟 시쯤에는 폐점 준비로 물건을 천막으로 덮어 놓고도, 더운 여름날이면 남은 찐옥수수 한 봉지를 팔기 위해 쪼그리고 앉아 있었고, 추운 겨울에는 군밤을 그렇게 악착같이 팔았다.

며칠 전, 버스를 기다리며 보니 매대 물건이 바뀌었다. 여름내 팔던 천도복숭아 대신 양파가 분홍 바구니에 담겨 나란히 놓여 있었다. 다리가 불편한 아들은 절룩거리며 매대에서 양파 바구니 위치를 계속 옮겼다. 얼핏 보기에 개수도 크기도 비슷한 그것들을 하나 빼서 앞에 두었다가 뒷줄 것과 바꾸었다가 다시 앞줄에 놓았다가 마냥 그러는 것이다.

버스를 타고도 그 장면이 떠나질 않았다. 그는 무엇을 하는 것이었을까. 더 좋은 물건을 잘 보이게 하고 사고 싶게 만드는 노력인가. 얼핏 그의 반복 행위는 아무런 차이가 발생하지 않는 것'처럼' 보였다. 그게 그거 같았다. 그런데 그의 행위는 방금 전까지 내가 하던 짓 아닌가. 별반 다르지 않은 낱말을 주무르고 넣었다 뺐다 문장을 지웠다 살렸다 하는 일과 양파 바구니를 앞줄로 뒷줄로 옮기는 일은 얼마나 다를까.

그 망설임들로 꽉찬 시간들. 이게 나을까, 저게 나을까. 거기서 막 빠져나온 나에게 그의 동작이 낯설지 않았던 것이다. 무의미의 반복에서 의미를 길어 내기. 무모의 시간을 버티며 일상의 근력 기르기. 사는 모습은 크게 다르지 않다.

그림이란 실제적 장소를 그대로 옮기는
작업이 아니라, 그곳을 이루는 여러
요소들이 제공하는 윤곽과 인상을 조합해
내는 것이다.

_____

에드워드 호퍼

046

'설명하지 말고 보여 줘라'는 내러티브 제1원칙으로 꼽힌다. 짧은 산문 형식의 글은 대개 내러티브 에세이로, 몇 가지 사건을 엮은 글이다. 독자를 어떤 상황에 데려가서 생생히 보여 주는 글을 쓰려고 나는 노력하고 학인들에게도 주문한다. 설명하지 말고 보여 주세요. 여기서 함정은 다 보여 주려다가 글이 안 끝난다는 것, 또 복잡해진다는 것이다.

어떤 글은 캄보디아로 봉사활동 간 이야기인데 인천 국제공항에 도착한 부분에서 분량이 차 버린다. 어떤 글은 조직 내 권력 관계를 다룬 내용인데 사무실 입구부터 책상 배치도를 그리다가 글이 꼬여 버린다. 글에서 보여 주어야 할 것은 '주제와 관련된 상황'의 구체성이다. '어제 카페에서 하루 종일 만화책을 읽었다'가 아니라 '창이 넓은 2층 카페에서 만화『레드 로자』를 읽었다'가 좋다. 별거 아닌데 싶은 자잘한 요소 하나하나가 인물의 욕망을 밝히고 주제의 전달을 돕는다.

'아이와 남편을 두고 외국 여행을 떠났다'는 설명이고 '열다섯 살 아들과 남편을 두고 배낭을 꾸려 한 달간 인도로 갔다'는 보여 주기다. 젖 뗀 돌쟁이와 스스로 라면은 끓일 줄 아는 중학생은 자식이라도 차이가 크다. 여행지가 프랑스냐 인도냐는 욕망의 다른 색깔을 드러낸다. 비슷한 유사어 중 어떤 단어를 고를까도 중요하다. '나의 남편은 알코올 중독자다'와 '나는 알코올 중독자의 배우자다'는 같은 내용 다른 표현이다. 남편보다 배우자라는 단어의 차가운 느낌이 글의 정조를 살려 낸다.

때로 십 년 세월을 한 줄 문장으로 압축하고 때로 일 분 동안 감정의 요동을 한 페이지에 담을 수도 있다. 굵기가 다른 여러 개의 붓을 쓰는 화가처럼, 과감하고 섬세하게 표현하기. 다 말하지 말고 잘 말하기가 관건이다.

요령은 순전히 단어의 배열에 있다.

필립 제라드

047

"제 가장 문제는 근사한 단어들을 지나치게 많이 쓰려고 했던 일 같아요." "자네만의 문제가 아니야. …… 소박한 낱말이 언제나 최선이라네." 헤밍웨이와 그의 문하생 청년 새뮤얼슨의 대화를 담은 책『헤밍웨이의 작가 수업』의 일부다. 헤밍웨이는 사람들이 나누는 얘기에서, 들은 말 중에서 필요한 어휘를 고르라고 문하생에게 충고한다. 그것은 수 세기의 검증을 거친 말들이라는 것이다.

나도 그랬다. 저 청년처럼 근사한 단어, 전율이 이는 문장에 대한 욕심은 떼어 내도 자꾸 자라났다. 근데 글을 쓰면서 매번 새삼스레 느꼈다. 근사한 단어가 따로 있지 않음을.

모국어 선용 사례인 시집 제목만 봐도 알 수 있다. "눈앞에 없는 사람", "온다던 사람 오지 않고", "지금은 간신히 아무도 그립지 않을 무렵" 같은 제목들. 단어가 전부 일상 용어인데 조합이 남다르다. 배고픈 걸 간신히 참았다 정도의 용례로만 쓰던 말인데 '간신히'가 저렇게 아름답게 쓰이다니 놀라웠다.

근래 가장 깊은 울림을 남긴 문장은 진도 팽목항에 걸린 세월호 유가족의 표어다. "그동안 가난했으나 행복한 가정이었는데, 널 보내니 가난만 남았구나" 아무 군더더기 없는 입말인데 애절하고 정확하다. 그래서 더 눈물겹다. 표현'력'은 단어와 단어를 연결 짓는 힘이다. 어떻게 소박한 낱말을 잇대어 정확한 감정과 사실을 견인할 것인가.

어떻게 쓰는지 배우려거든 신문, 잡지 쪽
글을 많이 써 봐야 해. 머리를 유연하게 하고
언어를 지배하는 힘을 길러 주거든.

어니스트 헤밍웨이

048

무명 작가는 무엇으로 사는가. '글밥'을 먹고 살려고 노력한다. 얼마 전에도 쌀독에 쌀이 비는 사태를 막기 위해 일감을 얻었다. 소상공인의 인터뷰. 창업 실용서 단행본 작업인데 선배에게 제안이 왔을 때 흔쾌히 수락했다. 인터뷰라면 나의 주특기. 자유 기고가로 일할 땐 일주일에 두세 건도 했다며 거들먹거렸다. 무엇을 어떻게 쓸지 주제 정하기가 어렵지, 목적과 내용이 명확한 글쓰기는 그래도 수월하니까.

즐거이 인터뷰를 하고 간신히 원고를 썼다. 한 꼭지당 분량이 50매가 넘다 보니 생각만큼 만만치는 않았다. 샘플 원고를 들고 출판사 편집장인 선배와 미팅을 했다. 결과는 불합격. 일단 원고는 술술 읽히나 내 원고는 사람에 초점을 맞춘 인물 에세이지 정보를 담은 창업 이야기로는 미흡하다고 했다. 선배는 '여기, 여기' 하면서 내용을 보완하라고 표시해 주었다. 빨간 펜으로.

낭패다. 글이란 원래 고치고 또 고쳐야 하는 법, 각오는 했어도 괜찮지 않았다. 내 몸-글이 이미 어떤 방향으로 굳어진 건가. 변용할 수 없는 힘은 힘이 아니라 했거늘. 쓸수록 나아지지만 쓰면서 잃어 가기도 하는 게 글이다. 순간 맥이 풀렸다.

여튼 그날 밤 나는 모처럼 새벽녘까지 글을 지었다. 사람보다 창업. 아니 사람을 위한 창업. 꼭 필요한 정보를 고봉밥처럼 담아내려면 어떻게 써야 하는지 배우는 마음으로. 몸-글의 유연함을 되찾기 위한 사유의 체조를 하는 심정으로.

글을 잘 쓴다는 것은 자기 글을 믿고
자기 자신을 믿는 것이다. 위험을 감수하고,
남들과 달라지려 하고 스스로를 부단히
연마하는 것이다.

윌리엄 진서

049

좋은 칼럼이나 좋은 책을 가끔 만난다. 내가 느낀 불편과 분노의 구조적 원인을 정확히 짚어 주는 글. 밥 먹고 그 일만 한 사람에게서 나오는 연륜과 통찰의 글. 자기 에너지로 쭉쭉 뻗어 가는 거침 없는 글. 착란을 통해서만 드러나는 한 세계를 보여 주는 감각적인 글.

일점일획도 빼낼 수 없도록 정교하게 쌓아 올린 언어의 성채를 음미하고 나면 행복한데, 어쩐지 '차고 슬픈 것'이 뒤끝에 번진다.

'글을 잘 쓰는 사람들이 많은데 나까지 뭘, 왜, 또……'라는 생각에 기가 죽는다. 내 생각의 밑천은 한없이 초라하다. 얼마나 더 읽고 더 쓰고 더 뒤척여야 저런 인식과 표현이 가능할까. 고개가 떨궈진다. 그럴 때 지지와 덕담을 건네줄 벗을 불러낸다. 하소연과 넋두리를 쏟아 낸다. 위로의 말은 자동 응답기처럼 돌아온다. "그런 사람들은 쓰지 못하는 너만 쓸 수 있는 글이 있잖아. 친구야."

이미 알고 있고 책에도 쓰고 말로도 떠들고 시시때때로 우려 먹는 말을, 난 처음 듣는 양 가슴에 새긴다. "남들이 쓰지 않는 글, 나만 쓸 수 있는 글을 쓴다"라고 문학 평론가 김현도 말했다며 상기한다. '나'라는 피할 수도 물릴 수도 없는 출발점, '나'만 살아왔고 살아가는 엄정한 조건항으로 나를 원위치시킨다. '나'라는 불완전성을 드러내야 그 불완전성으로부터 벗어날 수 있기에.

우리는 스스로를 찬찬히 들여다볼 수만
있다면 세계를 읽어 낼 수 있습니다.

마루야마 겐지

050

"그런 고뇌, 그런 방황 나는 안 해 본 지 너무 오래된 거 같아. 보수적으로 되어 가는 증거겠지. 자명한 것에 물음을 던지지 않는 것 말이야. 떠나온 것이 후회되니? 난 태어난 것이 후회된다. 이 세계가 추악하고 나란 존재는 무기력하고 그래."

내 산문집 『올드걸의 시집』에 나오는 내용이다. 어떤 이가 물었다. 아직도 태어난 게 후회되냐고. 나는 왜 태어났는지 수시로 묻는다고 했다.

사람이 태어나서 살아가는 일이 어떤 의미일까. 잘 모르겠다. 사람이 사람을 부품처럼 쓰다 버리고(삼성 직업병 문제) 약한 존재의 죽음을 무시하고(세월호 참사) 자연을 파괴하면서(밀양 송전탑) 기업이 이익을 우선으로(옥시 가습기 살균제 사건) 돌아가는 세상이다. 가진 자가 더 갖기 위한 거대한 시스템으로 구조화된 세상에서, 나는 그냥 밥 먹고 숨 쉬고 애들 키우고 일상을 사는 것만으로도 나도 모르게 죄를 짓게 된다.

가령 어느 날 나는 멀티플렉스에서 영화 보고 아래층 프랜차이즈 카페에서 커피 마시고 드러그 스토어에서 생리대를 샀는데, 알고 보니 그게 모두 같은 재벌 기업의 브랜드였다. 발길 닿는 대로 욕구를 따르는 일이 큰 것의 배를 불리고 작은 것을 소멸시키는 순환 고리에 깊숙이 들어가 있다. 오싹한 일이다. 소비자 정체성으로 포인트 적립하다가 하루를 보내게 만드는 자본의 천국은 얼마나 무서운가. 내 삶을 찬찬히 돌아보고 글로 적어 두기. 이 세계의 무자비한 힘에 끌려가지 않기 위한, 태어난 것을 덜 후회하기 위한 최소한의 장치다.

연민이 내 삶을 파괴하지 않을 정도로만
남을 걱정하는 기술이라면 공감은
내 삶을 던져 타인의 고통과 함께하는
삶의 태도다.

수전 손택

051

세상을 삐딱하게 보고 뭐든 의심의 눈초리로 보라, 착한 사람보다 못된 사람, 순종적인 사람보다 반항적인 사람이 글 쓰는 데 유리하다고 내가 말하자 한 학인이 대뜸 나선다. "선생님을 보면 그런 것 같지도 않은데요?" 이것은 칭찬인가 비난인가. 들킨 듯 웃음이 났다. 난 못됐단 말보다 착하단 소리를 듣고 살았지만 순종적이진 않았다. 큰 소리를 내거나 따지지는 않았어도 속으로는 다 생각하고 다 의심했다.

세상이 최초로 '이상하게' 다가온 날을 기억한다. 열한두 살 무렵, 텔레비전에서 청소 노동자의 다큐멘터리를 보았다. 새벽부터 일하는데도 사는 집이 허름하고 입성이 꾀죄죄한 청소부 아저씨가 불쌍했다.

고등학교 삼 년을 잠실에서 무악재까지 다녔다. 통학 거리가 멀어 새벽 여섯 시에 집을 나섰는데 어둑어둑한 골목을 지날 때면 청소부 아저씨의 비질 소리가 등 뒤까지 따라오곤 했다. 한 사람이 가난한 삶을 산다는 것에 대해 글을 쓰진 않았지만 비질 소리를 내려놓지도 않았다.

오랜 가난한 소리는 다른 가난한 소리를 몰고 왔다. 무덤처럼 옷을 껴입은 노점상 할머니가 조는 소리, 퀵서비스 노동자가 모는 오토바이 소리, 철거 현장의 싸우는 소리, 잔액이 부족하다는 텅 빈 통장 소리까지.

왜 일하는 사람들이 가난한가 하는 의심은 마르크스부터 조지 오웰까지 계급과 노동 문제를 다룬 책을 뒤적이게 했다. 가난을 묻고 싶게 하고 가난을 쓰고 싶게 한다. 사소한 비질 소리가 자꾸 마음에 바람을 일으키는 것이다.

나는 '영혼에 대한 이해'라 이름 붙일 수
있는 이야기들을 모은다.

_____

스베틀라나 알렉시예비치

052

"다만 초등학교 일 년만 댕겼어도 글만 알믄 내 속에서 천불 나는 이야기를 일기로 써서 남기기라도 할 낀데. 그럼 여기 방 안 한가득 채웠을 낀데. …… 잡지책을 만들어가 요새 아이들이 보면 '옛날에 이런 할매도 있었구나' 안 카겠나. 그게 그리 섧다."

밀양 송전탑 설치 반대 투쟁에 나선 주민들 이야기를 담은 구술집 『밀양을 살다』에 나오는 김말해 어르신의 말이다. 일제 강점기, 한국전쟁, 월남전, IMF 등 "온갖 시대 다 넘겼다"는 그의 구십 평생에 서린 굴곡진 근현대사가 애달프고 아까워 나도 덩달아 섧다.

『금요일엔 돌아오렴』도 비슷한 무게로 다가왔다. 세월호 참사로 자식을 잃은 부모를 인터뷰한 책인데, 여기에는 끔찍한 집단적 죽음이 있고서야 성적과 무관하게 비로소 존재 그 자체로 평등하게 주목받은 아이들의 이야기가 담겨 있다. 내 아이가 어떤 음식을 좋아했고 꿈이 뭐였고 어떤 친구와 놀았고 집에 오면 어떻게 했는지 소소한 일상을 부모들은 하나하나 복기한다. 그러면서 "우리 아이들에게 이렇게 많은 사연과 이야기가 있는 줄 몰랐다"라고 말한다.

이런 할매가 있다, 이런 아이들이 있다. 단지 그것뿐이다. 그런데도 그 사람들의 이야기는 묵직하다. 잘 들어 가지런히 정리된 한 사람의 기록은 삶에 대한 찬미를 불러일으킨다. 그냥 사는 사람은 없다는 것. 하나하나 붙들고 써내면 비로소 보이는 것들이다.

나쁜 글이란 무엇을 썼는지 알 수 없는 글,
알 수는 있어도 재미가 없는 글, 누구나
다 알고 있는 것을 그대로만 쓴 글,
자기 생각은 없고 남의 생각이나 행동을
흉내 낸 글, 마음에도 없는 것을 쓴 글,
꼭 하고 싶은 말이 무엇인지 갈피를
잡을 수 없도록 쓴 글, 읽어서 얻을 만한
내용이 없는 글, 곧 가치가 없는 글,
재주 있게 멋지게 썼구나 싶은데 마음에
느껴지는 것이 없는 글이다.

———
이오덕

053

이오덕. 이름부터 덕이 넘치는 그는 교사이자 어린이문학가다. 아이들을 정직하고 진실한 사람으로 키우기 위해 노력했고 특히 글쓰기 교육을 중시했던 분이다. 나 역시 어린이가 되어 그의 책으로 글쓰기를 배웠다. 소탈한 농부 같은 인상의 그가 말글살이에 관해서라면 엄한 훈장으로 변해 구절구절 죽비처럼 꾸짖는다. 철학 공부 한답시고 한자투와 번역투가 익숙해지려 할 때, 아는 걸 써먹고 싶어 근질근질할 때『우리 글 바로 쓰기 1』을 펴고 밑줄 그어 둔 문장을 아무 데나 읽었다. "될 수 있는 대로 민중들이 잘 안 쓰는 말을 써서 유식함을 자랑하고 싶어하거나, 적어도 너무 쉬운 말을 써서는 자기가 무식하게 보일 것을 염려하는 것이 글쟁이들에게 두루 퍼져 있는 버릇이다."

배우는 과정만큼이나 배움의 독을 빼는 과정이 필요했고 그의 투박한 직설은 효과가 빨랐다. 글쓰기 수업을 앞두고는『글쓰기 어떻게 가르칠까』를 정독하며 진실한 글쓰기가 어떻게 가능할지 '글쓰기의 본령'을 고민했다. 이오덕표 '나쁜 글 채점표'를 첫 수업 시간에 나눠 주는데, 그러면 학인들은 '거의 다 자기 글에 해당한다'며 낙담한다. 나는 하나씩 줄여 가자고 다독인다. 좋은 글을 쓰는 법을 모르겠을 땐 나쁜 글을 쓰지 않는 것도 방법이다.

두문즉시심산 杜門卽是深山

최순우

어느 초여름 날, 성북동 미술관에 갔다가 최순우 옛집에 들렀다. 최순우는 제4대 국립중앙박물관 관장을 지낸 미술사학자다. 그가 살던 집을 시민문화유산 1호로 지정해 일반인에게 개방하고 있다. 고졸한 아름다움이 밴 한옥. 조붓한 앞마당도 좋지만 모퉁이 돌면 나타나는 수려한 뒤뜰에 취한다. 그런데 여기가 구입할 땐 낡고 허름한 북향집이어서 주위에서 만류할 정도였단다. 심미안이 남달랐던 그가 손보고 가꾸어 멋진 미음 자 한옥으로 거듭났다고 학예사가 말한다.

杜門卽是深山(두문즉시심산)이란 편액이 눈에 띈다. "문을 닫아걸면 이곳이 곧 깊은 산중이다." 최순우가 글을 쓰던 방이 딱 그랬다. 방에서 창호지 문을 열면 뒤뜰이 펼쳐진다. 햇살과 바람과 잎새가 서로를 어루만지니 깊은 산중처럼 아득하다. 이 멋진 '자기만의 방'에서 최순우는 『무량수전 배홀림기둥에 기대서서』라는 책을 썼다. 읽어 보고 싶다. 안으로 정갈하고 밖으로 흐드러진 그 방을 생각하며.

시인 김수영은 「그 방을 생각하며」라는 시에서 "나는 혁명은 안 되고 방만 바꾸었다"라고 노래했는데, 나야말로 글은 안 쓰고 글 방만 보면 탐낸다. 한 삼 년 정도를 식탁에서 글을 썼다. 찌개 냄비 밀쳐 내고 노트북 펴면 거기가 책상이었다. 소음과 간섭이 차단된 사적 공간이 간절했다. 나만의 방에서 하루 종일 글만 쓰는 꿈을 꾸었다.

지금은 글쓰기의 몰입을 방해하던 아이들이 컸고, 문 닫아걸면 조용해지는 방이 있다. 책상 위에는 최신형 노트북이 구비됐다. 글이 더 잘 써지느냐 하면 꼭 그렇지 않다. 조용하니 나른해져 잠이 온다. 온갖 잡생각이 고개를 든다. 글쓰기에 최적화된 장소는 카페도 절간도 내 방도 아니다. 마감이라는 시간의 감옥이다. 오도 가도 못하고 한 글자씩 심어 나갈 때 열리는 글 숲이다.

너와 세계의 싸움에서 세계를 밀어 줘라.

프란츠 카프카

큰아이가 대학 밴드 동아리에서 키보드를 친다. 정기 공연을 앞두고 있다며 여름방학 내내 늦는 날이 많았다. 그간 몇 번 공연을 했는데 나는 한 번도 가 보지 못했다. 아들 공연에 가야 할까? 가고 싶었다. 책상에 산적한 일이 발목을 잡았다. 글을 써야지 어딜 가? 마감이 빠듯했다. 그런데 큰아이가 내년이면 동아리 활동을 접고 군대에 간다. 이번에는 꼭 가야 할 것 같았다.

이러지도 저러지도 못하는 우왕좌왕. 내겐 익숙하다. '글 쓰는 나'와 '살림하는 나' 사이에서 갈등하다 글을 택하거나 번민하며 밥을 지었다. 글 쓰는 나로 살지 못하는 시간이 많아지면 가슴 밑바닥에서 불만이 솟구쳤다. 애들만 없으면, 살림만 안 하면, 작업실만 있으면…… 무수한 그랬더라면을 지어내며 한숨 쉰다. 그러는 와중에 또 생각한다. 나는 무엇을 위해 가까운 존재를 밀어내며 글에 매달리려 하는가. 나는 진다.

꽃집에서 꽃을 사 들고 공연장에 갔다. 홍대 앞 클럽. 입구로 새어 나오는 강렬한 사운드, 공연장의 낯선 느낌이 감각을 일깨운다. 기타리스트가 단 배지의 '귀한 자식'이라는 글자가 눈에 들어왔다. 예전 기억을 불러왔다. 내 귀한 자식의 공연에서 귀한 자식이고 싶었던 내 과거의 일들과 조우했다. 그날 밤, 집으로 가서 '귀한 자식'으로 시작하는 글을 한 편 썼다. 글쓰기의 장애물(로 여겼던 일)이 디딤돌이 되었다. 나를 세계로 밀어내니 세계가 나를 글로 밀어 준다.

숙련성이란 관리된 빈곤화다.

_____

롤랑 바르트

056

소설가랑 시인이 술을 마시면 소설가는 자정쯤 귀가하고 시인들은 동틀 때까지 있다고 한다. 소설가랑 시인이 작업하는 방식이 다르기 때문이다. 소설가는 '직장인'처럼 규칙적으로 매일 일정 분량 글을 쓰니까 일종의 '출근 부담' 때문에 늦은 술자리가 부담스러운 반면 시인은 그보다 자유롭다. 작업 시간이 따로 있다기보다 순간마다 사물의 움직임에 촉을 세우고 관찰하고 메모한다. 어쩌면 시인은 퇴근이 없는 종일 근무인 셈이다.

기자는, 특히 일간지 취재 기자는 거의 날마다 기사를 쓴다. 기자직에 종사하면 낮술 자리가 많은데 술을 마시고도 기사를 생산한다는 건 공공연한 비밀이다. 음주 상태의 혼미한 상황에서도 완성도 있는 기사를 쓸 만큼 단련된 것이다. 소설가가 지구력, 시인이 관찰력이라면 기자는 순발력을 요하는 듯하다.

어쨌거나 소설가, 시인, 기자는 매일 글을 쓴다. 그 직업을 얻기까지도 매일 썼을 것이고 얻고 나서도 계속 쓸 것이다. 직업인이 되면 원고 청탁이든 기사 할당이든 쓰기의 장이 마련된다. 그럼 글쓰기의 실력이 는다. 신경가소성이 원리다. 같은 일을 반복하면 뇌의 구조가 그에 맞춰 바뀌기 때문에 계속 연습할수록 더 잘하게 된다. 어느 정도까지는.

롤랑 바르트는 좀 다르게 말했다. "숙련성이란 관리된 빈곤화"라고. 이에 따르면 '계속하기'는 활기찬 행동이 아닌 습관적 반복의 위험에 노출되는 거다. 기계적인 쓰기는 약인가 독인가. 매일 써서 빈곤해지는 흐름이 있고 매일 써서 풍요해지는 흐름이 있다. 쓰기 전엔 알 수 없다.

창작이 곧 삶이라고는 할 수 없지만
때로는 창작이 삶을 되찾는 방법이다.

스티븐 킹

"네 책 읽고 내가 글 쓰는 삶을 사는 게 자랑스러웠어." 어느 날 문자가 왔다. 대책 없이 우겨 온 글 쓰는 삶, 이쪽에 집도 절도 없는 나를 간신히 발을 들여놓게 해 준 서촌에 사는 귀인. 『글쓰기의 최전선』에도 등장하는 중요 인물인 선배가 내 책을 보고 안부를 전해 왔다.

'처음'이 생각났다. 선배는 당시 사보 편집자로 일했다. 돌이켜 보면 부실하기 짝이 없는 내 포트폴리오를 보고 "글이 따뜻해서 미담을 잘 쓰겠다"며 일감을 주었다. 첫 취재를 나갔을 때, 나를 소개한 선배 이름에 누가 될까 싶어 조마조마했다. 난 최선을 다했고 노력이 신망을 얻어 자유 기고가로 안착할 수 있었다. 대기업에서 중요한 프로젝트라며 필진의 이력서를 요구할 때 선배는 글 쓰는 사람에게 학력이 무슨 필요가 있느냐며 대신 글을 보내겠다고 하면서까지 내게 어떻게든 기회를 주었다. 글은 글을 낳았다. 그 선순환 덕에 낮에도 쓰고 밤에도 쓰고 새벽에도 쓰면서 난 '생의 곤궁기'를 통과했다. 글을 써서 돈을 벌고 글을 써서 사랑을 받고 글을 써서 사는 이유를 묻고 그러는 동안 삶의 에너지를 되찾았다.

한 사람이 글 쓰는 삶을 살기 위해서는 (연습과 노력 외에) 자기를 알아주는 사람, 자기를 믿어 주는 사람이 필요하다는 것, 그것이 단지 구직을 넘어 삶의 자리를 되찾아 주는 일임을 나는 선배와의 인연에서 실감했다. 나는 누구에게 황금 같은 말을 건네주는 '처음'이자 글 쓰는 삶을 찬미하는 증인이 되어 줄 수 있을까.

본다는 것은 보고 있는 것의 이름을
잊어버리는 것이다.

──────

폴 발레리

몇해 전 탤런트 최불암을 인터뷰했다. 실제로 만나도 드라마 『전원일기』의 김 회장님처럼 푸근하고 구수한 분이었다. 이런 저런 얘기를 나누다가 그는 연기 인생을 회고하며 이런 말을 터놓았다. "배우는 하얀 도화지여야 하는데 나는 이제 신문지처럼 글자가 많은 종이가 된 것 같아요." 연극 무대의 독백처럼 쓸쓸하게 들리던 그 말이 훅 들어왔다. 도화지가 아닌 신문지. 그건 내 얘기였다.

당시 내 일의 팔 할은 인터뷰였다. 인터뷰는 다른 사람의 삶을 내 삶으로 읽어 내는 일이다. 많이도 만났고 많이도 느꼈다. 삼 년쯤 지났을까. 어느 날부터인가 들리지 않았다. 내 몸에 이미 판단, 생각, 입장이 가득해 들을 수 없는 몸이 된 거 같았다. 몸이 말을 튕겨 냈다. 겨우 말이 들어오면 구토감이 났다. 급기야 그렇게도 좋아하던 인터뷰를 중단했다. 장애인 단체에서 일하는 친구의 부탁으로 장애인 부모를 인터뷰하기로 한 약속을, 사전 미팅까지 해 놓고 눈물을 머금고 취소했다.

인터뷰를 끊고 이 년쯤 흘렀을까. 그 장애인 단체에서 일하는 친구에게 다시 요청이 왔다. 내가 만날 사람은 정신 장애인 당사자 방송을 운영하는 정신 장애인이자 활동가다. 만나고 싶었다. 다른 사람의 말이 듣고팠다. 인터뷰 준비로 자료를 찾는데 오랜만에 가슴이 뛰었다. "그 후 저를 아들로 안 보고 환자로 보더라고요." "무엇이 그들을 가두나." 이런 문장들이 내 정신을 자극했다. 나는 기대감에 부풀어 인터뷰에 나갔다. 신문지가 도화지가 되긴 어렵겠지만, 시간이 흐르는 동안 신문지도 빛이 바랬을 테니 그 누런 종이에 무엇이라도 또박또박 받아 적을 수 있지 않을까.

예술에서 최악은 부정직하다는 것이다.

———————

조지 오웰

059

강연을 마치고 나가는 길, 한 여성이 다가와 말을 건다. "저, 우리 애가 일 학년인데요……." 아이가 중1이나 고1이라고 하기엔 외모가 젊었고 질문이 무거웠다. 순간 헷갈렸다. 설마 하는 심정으로 초등학교 1학년이냐고 물었더니 고개를 끄덕인다. 아이가 글쓰기를 싫어해 걱정이란다.

여덟 살의 글쓰기. 해야 하는 이유나 방법을 알지 못하는 나는 당황스러웠다. 평소 생각을 그냥 말했다. 아이들에게 억지로 글을 쓰게 하면 외려 부작용이 있지 않겠느냐, 상황을 모면하려고 시킨 사람이 수용할 만한 내용으로 대충 지면을 채운다, 뭐든 나쁜 습관이 들면 안 되니까 아이가 원할 때까지 그냥 두는 게 나을 것 같다고.

이십 대 청년들에게도 말했던 내용이다. 글쓰기를 연습하고 스펙도 쌓을 겸 서평단이나 기자단에서 열심히 활동하는 이들을 본다. 그런데 쏟아지는 인터넷 서평이나 기사에서 한 존재가 드러난 글, 목소리가 생생한 글은 드물다. 책의 서문을 요약하거나 좋은 구절을 정리한 고만고만한 글이 대부분이다. 그것도 안 쓰는 것보단 낫지 않느냐고 묻는다면 나는 아니라고 대답한다.

글쓰기는 감각의 문제다. 남의 정신에 익숙해질수록 자기 정신은 낯설어 보인다. 들쭉날쭉한 자기 생각을 붙들고 다듬기보다 이미 검증된 남의 생각을 적당히 흉내 내는 글쓰기라면 나는 말리고 싶은 것이다.

자서전은 수치스러운 무언가를 드러낼
때에만 신뢰할 수 있다.

조지 오웰

060

지역 도서관의 글쓰기 강좌 첫날, 강의실에 들어갔더니 칠판 위에 현수막이 걸려 있다. '자서전 쓰기' 다섯 글자를 보는 순간 당황했다. 나는 강좌 계획서에 '자기 자신을 설명하기'로 제목을 달아 보냈는데 도서관 측에서 바꾼 모양이다. 고령화 시대에 자서전 쓰기를 버킷리스트로 꼽는 사람들이 많다더니 그날 강의실도 주민으로 자리가 꽉 찼다.

　나는 영화 『마션』으로 말문을 열었다. 주인공은 화성에서 생존한 식물학자다. 개인의 탁월한 지적 능력과 기지, 포기를 모르는 집념과 도전, 전 지구적 기술을 동원해 고난을 이겨 낸 영웅이다. 자서전 감이다. 하지만 대부분 평범한 사람은 화성은커녕 바다 건너 제주에 가다가도 배가 가라앉아 죽는 운명을 산다. 우리나라에서 오백만 명이 『마션』을 보고 열광하지만 우리들 실제 삶은 세월호 희생자 삼백 명에 더 가깝다. 화성까지 갈 것도 없이 지구 변방의 나라에서 살아남기도 얼마나 어려운가.

　자서전이란 말은 오염됐다는 것. 금메달을 향한 좌절과 고난을 극복한 질주의 서사도 훌륭하나 지리멸렬한 일상의 반복에서 수치와 모욕을 커피 한 모금처럼 마시며 살아가는 이야기도 가치 있다는 이야기를 전했다. 공든 탑은 자주 무너지고 뿌린 대로 거두지 못하는 삶은 많다. 그런 허망을 알고도 살아가는 것은 더 대단한 일이다. 그것을 쓰자고 독려했다. 큰 업적을 이루기보다 작은 성과를 빼앗기며 묵묵히 "파랑 같은 날들"을 살아가는 사람들의 자기 자신을 설명하기는 그렇게 시작됐다.

다른 사람의 처지를 생각하고 그 처지가
되어 보는 것, 그것이 작가의 일이다.

─────────

아모스 오즈

부모가 책을 보면 자식도 책을 본다고들 하는데 우리 집은 아니다. 아들, 딸 둘 다 책에 시큰둥하다. 책을 안 읽는데 글이라고 쓰겠는가. 읽기와 쓰기에 무관심으로 일관한다. 그래, 책이 뭐라고 싶어 그냥 뒀다. 그런데 공대생 아들이 좀 불안했다. 네 무지가 남에게 피해가 될 수 있다고 경고하며 책 좀 보라고 권했다. 몇 번 그러다가 또 말았다. 훌륭한 책은 많지만 책을 많이 봐서 훌륭한 (남자) 사람은 별로 없다는 생각이 들었다. 책은 지도고 도끼다. 궁하면 보겠지 했다. 그런데 이십 년 초지일관 무독서의 원칙을 고수하던 아들이 며칠 전 생애 처음으로 책을 제 돈 주고 구입하는 일이 발생했다.

"엄마, 나 이거 샀어요." 종로에 놀러 갔다가 헌책방에서 샀다며 내민다. 『이루마의 작은 방』, 4,900원. 아들의 취미는 피아노다. 나는 오래 살고 볼 일이라며 칭찬해 주었다. 아들이 자기 방에 들어가더니 이루마의 음악을 틀어 놓고 책을 본다. 거기까진 흐뭇했다. 이틀 후, 다 읽었다며 그 책을 들고 내게로 온다. "엄마도 이거 보세요. 감성적인 문장이 많아요. 첫 장 읽으면 계속 읽게 될 거예요." 아들은 내 대답은 듣지도 않고 그 책을 '무작정' 내 책상에 놓고 나갔다. '아니 이걸 나 읽으라고? 왜 나야? 왜 이 책이야?' 울고 싶었다. 벌을 받는 이 느낌은 뭐지. 내가 좋다고 남에게 권하는 게 얼마나 폭력인지 당해 보니 철렁했다.

글쓰기를 할 때 역지사지가 중요하다고 노래를 불렀으나 현실에선 이토록 무력하다. 남과 처지를 바꾸어 '생각'하는 것만으로는 약하다. 당해 본 사람은 생각해 본 사람이 쓴 글의 허점을 알아챌 테니.

'나 아닌 것'을 끊임 없이 자기 안에
투입해 나가는 운동성이야말로 나의
본질을 이루는 것이다.

―――――――

우치다 타츠루

062

"네가 선택했으니 네가 책임져라." 딸아이가 현관문으로 나가려는 고양이를 야단친다. 내 말투와 대사 그대로다. 민망하고 섬뜩하다. 배운다는 의식도 없이 배워지는 것들로 한 존재가 형성된다. 한 존재는 타인에게 영향을 미친다는 의지도 없이 말하고 행동한다. 존재는 관계의 산물이라는 것. 현실에선 거의 망각하고 지낸다. 글쓰기에선 자주 드러난다.

한 학인이 어릴 때부터 독립심이 강했다고 썼다. 독립심 장착을 전제로 성장기 스토리를 풀어 갔다. 자기의 독립심이 왜 어떤 계기로 형성됐는지, 어떻게 알아챘는지 물었다. 엄마가 언니만 신경 써서 둘째인 자기는 유치원 갈 때부터 옷도 직접 골라 입고 밥도 혼자 먹고 웬만한 일은 스스로 알아서 했단다. 그렇게 크다 보니 독립심이 길러졌다고 한다. 그제야 이해했다. 그런 언니, 그런 엄마와의 관계에서 '그런' 기질이 형성된 것이다.

글쓰기는 자기의 생각, 의견, 느낌의 기록이다. 그런데 나의 행동, 말투, 가치관은 대개 남에게서 비롯된다. 자기소개서 첫 문장의 관용구가 '엄부자모 사이에서 자랐다'인 걸 보면 그렇다. 인생에서 스친 무수한 인연과 겪은 수많은 사건에 자기 행동의 기원이 있다. 다른 사건과 관계가 투입되는 운동 속에서 한 존재는 변한다. 자기 경험을 기반한 글쓰기는 관계 속에서 나를 관찰하고 변화를 기록하는 일이다. 가족, 친구, 애인, 행인, 스승, 동료 등이 빠지지 않았나 살펴야 한다. 그들이 없으면 나를 설명할 수 없다.

결핍은 결점이 아니다. 가능성이다.
그렇게 생각하면 세계는 불완전한 그대로,
불완전하기 때문에 풍요롭다고
여기게 된다.

_____

고레에다 히로카즈

063

프랑스 철학자 장 폴 사르트르는 한 살 때 아버지를 여의고 외가에서 컸다. "할아버지의 서재를 마음대로 배회할 수 있게 된 나는 인류의 지혜와 씨름하기 시작했다"라며 "그것이 나의 오늘날을 만들어 놓았다. …… 나는 글을 씀으로 존재했고 어른들의 세계에서 벗어났다"라고 자전적 소설 『말』에서 유년 시절을 회고한다.

근대 정치 사상의 고전 『사회계약론』을 쓴 장자크 루소의 어머니는 루소를 낳고 아흐레 후 고열로 죽었다. "어머니는 나로 인해 생명을 잃었고, 그래서 나의 출생은 내가 겪게 될 불행들 중 최초의 불행이었다"라고 『고백록』에서 고백한다. 죽은 아내를 그리워하는 아버지의 한숨 소리를 듣고 자란 아이는 민감한 감각의 촉수를 키워 훗날 내면의 탐험가가 된다.

고통은 창작의 어머니란 말도 있지만, 상실을 체험한다고 다 좋은 작품을 쓰는 건 아니다. 고통에 익사당해 세상에 빛을 보지 못한 작가는 얼마나 많을까 싶다. 그 차이는 뭘까. 오래 안고 가고 싶은 물음이다. 왜 어떤 상실이나 고통은 존재의 몰락을 초래하고, 어떤 결핍은 힘들의 과잉 상태를 낳는가. 개인마다 경제, 계급, 문화 자원 그리고 기질과 성향과 건강이 다르니까 일반화할 수 없을 것이다. 그럼에도 내가 좋아하는 작가들의 삶을 살펴보면 책이 삶의 거친 파도를 피하는 방파제가 되어 주었다. 고통이 글을 낳았다. 어쩌면 내가 그런 작가에만 끌리는지도 모르겠다. 요즘 내가 머리맡에 두고 읽는 책 『멀고도 가까운』에서 리베카 솔닛은 고백한다.

"나는 평생 책을 타고 떠다녔고, 어린 시절에는 내게 친절하지 않은 세상으로부터 스스로를 보호하기 위해 책으로 만든 탑과 벽을 쌓아 올렸다."

난 아무것도 쓰지 않고 그냥 살아왔던
시간도 중요하다고 말해 주고 싶다.

———
박완서

광화문 교보문고에 가면 책에 질린다. 날마다 아기가 태어나 듯 생산되는 신생 책들. 상품 지옥이 따로 없다. 이렇게 책이 많은데 싶으면 책을 쓴 게 죄인 같다. 서문에 심심치 않게 등장하는 문구, 종이 원료인 '나무에 미안하다'라는 말은 저자들의 과장된 겸손만은 아닐 것이다. 출간 전 겪는 마음의 뒤척임에서 나도 자유롭지 못했다.

첫 책 『올드걸의 시집』을 출간할 때 더 그랬다. 책을 내려고 쓴 글이 아니라 블로그에 쓴 글을 책으로 묶었다. 왜 이 책을 세상에 내놓는가. 내가 납득하지 못하면서 남에게 읽으라고 할 수는 없는 노릇이다. 자기 설득 과정이 필요했다.

삼사십 대 여성 저자군의 면면은 이렇다. 정신과 의사, 아나운서, 변호사, 예술가, 정치인 등 전문 영역에서 성공을 거둔 사람, 아니면 요리나 패션 등의 분야에서 활동하는 유명 블로거나 살림왕 주부이거나 아이를 '특목고'나 명문대에 진학시킨 교육왕 엄마다. 이도 저도 아니고 살림하고 밥벌이하며 자아 찾기하느라 용쓰는 나같이 평범한 여자의 글은 별로 없다.

그럼 해 볼까 싶었다. 사회적 성취나 인정 없이 살아가기도 쉽지 않다는 것, 매일매일 시곗바늘처럼 돌아오는 일상을 어떻게 허덕거리며 건너가는지 아무도 말하지 않는다면 내가 말하고 이왕이면 아름다운 문장으로 이야기하고 싶었다. 그렇게 겁도 없이 첫 책을 세상에 내놓았다.

상투성은 문장에서 발휘되면 민망하지만
주제가 되면 핵심 요소로 변화한다.

존 플랭클린

065

삼성 사옥이 모여 있는 강남역 8번 출구에 다녀왔다. 삼성 직업병 문제의 올바른 해결을 위한 농성장이다. 본 자로서 쓰고 싶었다. 어떻게 써야 할까. 장기 농성장이라면 우리 사회에서 익숙한 풍경이다. 세월호 진상 규명, 밀양 송전탑 반대, 콜트·콜텍 기타 노동자 부당 해고 등. 거기에 삼성 농성장 하나가 더해졌다. 남들 입장에선 별스러울 게 없다. 나 역시 모든 현장에 관심을 두지 못한다. 투쟁의 피로감이 지방처럼 끼어 있다. 어떻게 써도 들리지 않을 가능성이 크다.

그들이 싸우는 정확한 이유를 알리자. 이것을 목표로 삼았다. 다시 질문했다. 왜 꼭 알아야 할까. 꼭 알아야 하는 일이란 게 있을까. 누가 내게 알아야 한다고 강요하면 거부감이 들지도 모른다. 당위로 말하는 건 위험하다는 생각에 이르렀다.

그냥 내가 거기에 간 이유와 본 장면을 쓰자 했다. 인명을 무시하는 대기업의 사악과 짓밟힌 노동자의 건강권을 고발하는 경직된 글이 아니라, 성실하게 일하는 사람들이 속수무책 당하는 직업병의 실상, 그들과 함께 싸우는 사람들의 목소리를 담는 글. 삼성에서 직업병 사망자 76명과 암 환자 223명이 발생했다는 사실이 숫자로만 보이지 않도록 고민했다.

투쟁적 사안의 글쓰기는 더욱 숙고하게 된다. 누가 그랬다. 시민 단체 성명서나 글을 읽으면 '멱살 잡히는' 기분이라고. 크게 동감했다. '결코 좌시하지 않을 것이다'로 끝나는 관용구는 얼마나 식상한지. 그래서 쓰기에 앞서 살핀다. 상투적 문장으로 대의만 주장하고 있지는 않은지. 진리의 '말씀'이 아닌 사람의 '목소리'를 들은 대로 잘 전하고 있는지. 존엄이라는 항구한 주제를 놓치지는 않았는지. 인간의 존엄은 숱한 성명서 속에서는 상투적이 되었지만, 현장에서는 결코 상투적이지 않다.

글을 쓴다는 것은 나를 나 아닌 것의
실험장으로 만드는 일이다.

잉게보르그 바하만

"인생은 미친 짓의 기억으로 위대해진다." 예전에 잡지에서 발견한 글귀다. 괜히 좋아 보여 수첩에 적어 두었다. 문학이나 여행 에세이에는 미친 짓이 단골 소재다. 집 팔아서 세계 여행 가거나 멀쩡한 직장 그만두고 요리 배워 레스토랑을 차리거나 길에서 만나 운명처럼 사랑에 빠지고 가족을 떠나거나 하는 식이다. 소심한 나는 미친 짓은 못 하고 딴짓을 한다. 평소 일반 버스를 탔으면 마을버스를 타고 두 번 환승한다든가, 버스의 도착 예정 시간을 보지 않고 정류장에 나가서 멍하니 시간을 보낸다든가, 신호등을 한 번 거르고 다음에 건넌다든가, 한 번도 안 먹어 본 음료를 시킨다든가. 일상의 행로를 늘리고 비트는 정도다.

한번은 글쓰기 수업 교재로 김훈 소설집을 넣었다. 유려한 문장 사이사이에 보이는 남성성의 시선이 거북해 그의 유명 작품을 완독하지 못했던 나다. 우연히 잡은 「화장」, 「강산무진」 같은 단편은 술술 넘어갔다. 소설과 르포르타주 경계의 작품이라 신선했다. 꼼꼼히 읽어 보고 싶어서 택했다. '흠모' 수준으로 애정하지 않는 작가를 교재에 넣은 건 처음이었다.

일상의 궤도를 벗어나고 합목적성을 거부하며 습관을 중단하는 일. 나의 소심한 딴짓은 일상에 잔재미를 안겨 준다. 글쓰기엔 귀한 자극제다. 다른 감각을 쓰게 하고 다른 세상을 보게 하고 다른 얘기를 만들어 낸다. 인생은 미친 짓으로 위대해지고 글쓰기는 꾸준한 딴짓으로 가능해진다고 말해도 좋을까.

나는 글쓰기가 성취가 아니라
관대함이라는 사실을 깨달은 뒤,
글쓰기를 즐기게 되었다.

브렌다 유랜드

하루 중 가장 좋아하는 시간은 오후 6시 KBS 클래식FM『세상의 모든 음악』을 들으면서 저녁을 준비할 때다. 창밖은 어스름하고 내 손은 바쁘고 싱크대는 온갖 소쿠리와 냄비와 양념 통으로 어지럽다. 나는 내가 지금 누군가의 입에 들어갈 음식을 짓고 있고, 그것으로 누군가 숨을 이어간다는 생각에 이르면 애잔한 마음이 든다. 인간은 왜 먹도록 설계되었을까.

모처럼 손수 만든 '집 김밥'이 먹고 싶어 김밥 재료를 꺼냈다. 당근 채치고, 시금치 데치고, 계란을 부치고, 밥을 안쳤다. 밥이 다 되는 동안 커피 한 잔 내려 마셨다. 칙칙칙 압력 밥솥 돌아가는 소리를 들으며 잠시 느긋함을 즐긴다. 준비는 번거로워도 좋은 결과가 보장된 음식. 종내는 다 먹어 치울 것들. 김밥은 재고를 남기지 않는다.

글 쓰는 것은 타인에게 도움이 될 수도 있고 아니 될 수도 있는데, 밥 짓는 것은 '반드시' 도움이 된다. 그게 왜 사는지 모르겠는 불확실한 삶에서 잠시나마 명징한 위안을 준다. 문득 김밥 같은 글을 쓰고 싶어진다. 결과물을 남기지 않고 먹어 치우는 글. 좋은 음악과 기분으로 몸 상태를 조율하고 내 맛있는 김밥을 남에게도 먹여 주고픈 마음으로 쓴다면, 한 편의 글이 김밥한 줄의 구원이 될 수 있을지도 모른다.

꽉 막히는 건 때때로 내가 잘못된 길로
접어들었다는 걸 뜻한다.

———

데릭 젠슨

068

처음으로 추천사를 의뢰받았다. 『논픽션 쓰기』 "퓰리처상 심사위원이 권하는 탄탄한 구조를 갖춘 글 쓰는 법"이라는 부제가 달린 책이다. 내 관심 분야의 책이라 흔쾌히 응했다. 633쪽이다. 두툼한 내용의 핵심을 원고지 2~3매 분량에 담으려니 부담됐다. 하필 그 주에 강연과 원고까지 몰려서 쩔쩔맸다. 짬짬이 원고를 읽고 드디어 시작.

"산다는 것은 밀려오는 사건을 받아들이는 수락의 여정이다." 첫 문장이 나도 모르게 흘러나왔다. 잠언을 흉내 낸 듯한 이 말은 뭐지. 조짐이 좋지 않았다. 다음 문장도 그다음 문장도 빽빽했다. 힘이 들어가고 있었다. 그간 학인들에게 끈질기게 당부하던 말, "힘 빼고 쓰세요. 추상적인 말이 많을수록 메시지 전달에 실패합니다."

딱 그 짝이다. 알면서도 저지르는 얄궂음이라니. 어떤 사안에 대한 솔직한 느낌과 정확한 근거를 대는 것은 쉬워 보이지만 어렵다. 반면에 추상적인 단어로 장식하는 건 어려워 보이지만 쉽다. 추천사를 쓰는 나 역시 '그 자체로 인생 매뉴얼이다', '최고의 안내서다' 같은 상투어로 잔꾀를 부리며 막힌 글을 돌파하고 말았다.

글이 꽉 막힐 때는 이유가 있다. 정보와 지식이 얕아서 그렇다기보다 충분히 소화되지 않아서 문제다. 논픽션 쓰기란 무엇인지 한 줄 문장으로 정리하고 왜 이 책이어야 하는지 설득해야 하는데 모호하고 어설펐다. 처음부터 다시 쓰기엔 마감이 급했다. 어쩌랴. 마침표를 찍었다. 아는 대로 써지면 걱정이 없겠다.

글쓰기가 단번에 완성되는 생산품이
아니라 점점 발전해 가는 과정이라는 것을
이해하기 전까지는 글을 잘 쓸 수 없다.

월리엄 진서

069

웬만하면 병원을 가지 않고 자연 치유를 기다리는 편이다. 발목을 삐끗했을 때도 상태가 위중하지 않아 버텼다. 주변에서 난리다. 인대 손상을 얕보다 고생한 경험을 들어 가며 병원행을 권했다. 온갖 불우한 사례의 간증이 이어졌다. 아무리 그래도 내겐 먼 현실로 느껴져 귀에 와 닿지 않았다. 그런 와중에 마음을 움직인 결정적 한마디가 있으니 이거다.

"병원에서 아무것도 안 하는 거(같은 치료)랑 집에서 아무것도 안 하는 거랑은 달라요."

어떤 불확실성과의 싸움. 내겐 너무 익숙한 일이다. 살갗 아래 인대처럼 글쓰기 근육 또한 육안으로 확인이 불가하다. 글쓰기 수업을 하면서도 문득 난감하다. 뭐가 도움이 되는 건지, 내가 잘하고 있는 건지. 그러나 어쩌랴. 글쓰기는 다른 방도가 없다. 학인은 성실하게 쓰고, 나는 정확하게 의견을 제시하고. 그 반복을 통과하는 사이 굽은 게 펴지고 살이 오르며 글에 힘이 붙는다.

아무것도 안 하는 것과 아무것도 안 하는 거 '같은' 것의 차이. 하루 이틀은 쓰나 안 쓰나 똑같지만 한 해 두 해 넘기면 다르다. 다행히 나는 본격적으로 글을 쓰기 시작했을 때 잘 쓰고 싶다는 마음보다 그저 쓰고 싶다는 마음이 컸다. 글이 어서 늘기를 재촉하지 않았다. 매일매일 쓰는 동안 안 보이는 성장의 곡선을 통과했다. 어떤 불확실성의 구간을 넘겨야 근육이 생기는 것은 몸이나 글이나 같은 이치였다.

유일한 참된 충고자 고독이 하는 말을
듣도록.

스테판 말라르메

열흘에 한두 번 술을 마셨다. 과음을 하면 일과에 차질이 생기니까 자제했다. 내게 부과된 일상의 등짐. 육아와 집필을 대체 누가 한단 말인가. 임무 의식에 사로잡혀 술잔을 물렸고 술자리에 오가는 말들만 삼켰다. 그 또한 나쁘지 않았다. 몸이 알코올을 부어 달라 안달하지도 않았으니.

'절주 인생 44년'의 봉인이 서서히 풀린 건 뒤늦은 직장 생활에서다. 퇴근 즈음이면 머리에 김이 오르고 속이 답답했다. 시원한 맥주 한잔 타령이 절로 새어 나왔다. 직장인들이 왜 '치맥'을 갈구하는지 알게 됐다. 찬물에 샤워하는 것처럼 맥주 한 잔이 마음을 씻어 주었다. 맑으면 쓰고 흐리면 달던 소주도 눈이 오나 비가 오나 바람이 부나 그저 달았다. 몸이 술을 원하니 과음은 아니고 끼니처럼 꾸준히 음복했다.

그로 인한 가장 큰 변화. 글쓰기 욕구가 감퇴했다. 예전에는 자질구레한 일상의 갑갑증을 글을 쓰면서 씻어 냈다. 오롯한 혼자 됨에서 속닥속닥 글을 쓰면 응어리가 풀렸다. 그 역할을 술이 대신하는 듯하다. 부어라 마셔라 하는 사이 어느 정도 해소된다. 글과 술은 연관 검색어다. 문인들의 술 사랑은 유명하나. 영감의 원천이자 사고의 윤활유인 술이 글을 촉진한다고 말한다. 생활인인 나는 다르다. 술이 글을 잠식하기도 한다. 회사를 그만둔 지금은 선택한다. 술로 풀 거냐, 글로 쓸 거냐. 하나는 달고 하나는 쓰다.

문학하는 사람의 처지로서는
'이만하면'이란 말은 있을 수 없다.

김수영

071

한국방송통신대학교 학보에 2014년부터 칼럼을 격주로 싣고 있다. 원고지 9매. 이런 짧은 분량은 처음이었다. A4 한 쪽 분량에 알맹이 있는 글을 쓰려니 처음엔 말을 시작하려다가 끝나는 기분이 들었다. 그래서 일단은 분량 무시하고 주제에 맞는 내용을 한바탕 쓰고 그다음에 중복되거나 불필요한 문장과 단어를 지우는 식으로 원고를 손본다. 조사 하나 부사 하나, 원고지만 잡아먹지 않았는지 꼭 필요한지 점검한다. 불변의 진리지만 글은 고칠수록 나아진다. 그럼 이걸 대체 언제까지 고치나? 끝내는 시점을 정하기가 어려웠다.

자기 글의 완성도를 자기가 평가할 수 있을까. 그렇게 쓸 수밖에 없어서 그렇게 쓴 사람은 자기 글의 문제점을 보기 어렵다. 눈에 잘 안 들어온다. 또 부족한 부분이 보여도 고칠 기력과 시간이 없을 때가 많다. 뒷심이 달리면 '이만하면 된 거 아닌가?' 하는 악마의 속삭임이 들린다. 대충 타협하고 넘길 때도 있지만 중요한 글일 때는 공정을 한 번 더 거친다. 믿을 만한 글쟁이 친구에게 원고를 보낸다. 의견을 묻고 듣고 고친다. 마지막 한 방울까지 노력을 짜낸다. 그러길 몇 차례.

제법 말쑥해진 최종 원고를 보면 가슴이 철렁하다. '이만하면' 됐다며 덮어 두려고 했던 거친 원고가 떠올라서다. '이만하면'이라는 말은 위험하다. 됐거나 아니거나 둘 중 하나다. 대개의 원고는 '웬만하면' 한 번 더 다듬는 게 낫다.

인간은 자기가 손에 넣고 싶다고
바라는 것을 우선 다른 사람에게
증여함으로써만 손에 넣을 수 있다.

우치다 타츠루

072

'무플'보다 '악플'이 낫다는 말을 두고 입장이 갈렸다. 한 사람은 무플 옹호자. 글의 맥락과 논점을 비켜 가는 이상한 댓글이 달리느니 무반응이 낫다고 했다. 댓글 없음은 암묵적 지지라고 해석했다. 나는 댓글 옹호자. 눈에 보이는 반응이 좋다. 악플은 거르면 되니까 개의치 않는다. 내 글이 가닿아 마음을 움직여 행위를 불러오는 글이길 바라고 그 내통의 여정을 전달받고 싶다. 울게 하든, 화나게 하든, 웃게 하든 어떤 감정을 불러오면 성공한 글이라고 본다. 그래서 블로그나 페이스북 댓글 알림 메시지에 숫자가 표시되면 반갑다. 얼른 열어 본다.

받는 게 좋아 주기도 한다. 글쓰기 강좌 카페에 올라온 학인들 글에 댓글을 일삼아 단다. 댓글 없는 쓸쓸함을 지나치지 못한다. 대개의 반복적인 행위가 깨우침을 주듯, 댓글 달기도 그랬다. 어떤 글을 읽고 느낌이나 생각을 짧게 표현하는 일이 그 자체로 감응 훈련이 되는 것은 아닐까. 댓글 달기가 감응 근육 형성, 순발력 향상에 일조하더라는 임상 결과를 얻었다.

그래서 글쓰기를 배우는 학인에게 당부한다. 과제하기는 기본이고 후기 쓰기와 댓글 달기가 '의외로' 중요하다고. 형식을 갖춘 과제 글이든 자유롭게 쓴 후기 글이든 짧은 댓글이든 마찬가지 원리다. 어떤 대상과 교감하고 그 감정을 활자로 표현한다는 점은 같다. 한 문장이라도 갖고 놀다 보면 글쓰기가 즐거워질 수 있다.

논픽션은 우리가 세상 속에서 겪는
유동적이고 불안정하고 다형적이고 덧없는
경험을 탐구하는 글입니다.

———————

데이비드 실즈

073

"제 인생에 대해서, 가치관이나 신념이 확고한 사람도 아니고요, 상황에 따라서 손바닥 뒤집듯이 뒤집히는 사람이에요. 딱 말을 하기가 어렵죠. 1분 후에 바뀔 수도 있으니까. 네, 저는 이렇게 바뀌는 사람이에요."

잡지 『지큐』GQ에 나온 가수 아이유의 인터뷰 기사다. '나는 바뀌는 사람'이라는 선언에서 단단한 내공이 느껴졌다. 한결같은 사람이 되고 싶다고 말하지 않아서 눈길이 간다. 도덕 강박은 매력 없지 않은가. 있는 그대로를 인정하기는 미화하거나 비하하기보다 어려운 일이기도 하다.

불안정한 나. 예측 불가능한 나. 그런 내게 일어난 일을 글로 쓰려면 누구나 고민에 빠진다. 여러 갈래의 마음이 다투고 이때의 나와 저때의 나는 다르거늘 글로 쓰면 한 가지 상태로 고정되니 쓰기에 애매하고 쓰고도 찝찝하다.

사교육에 휘둘리지 말아야 한다고 결심하지만 학원을 안 보내면 도태되지 않을까 날마다 불안하다. 프랜차이즈 카페에 덜 가야지 하면서도 기한 내 쿠폰을 채워야 주는 한정판 다이어리는 탐낸다.

다행인지 불행인지 사는 모습은 크게 다르지 않다. 그나마 글로 쓰지 않는다면 우리는 자신의 변덕스러움, 나약함, 얄팍함, 불확실성을 어디서 확인할까. 이토록 오락가락하면서 과연 어디로 가는지 궤적을 어떻게 그려 볼까. 흔들리지 않는 게 아니라 흔들리는 상태를 인식하는 것. 글이 주는 선물 같다.

사람을 웃기고 울려라. 그리고 무엇보다도
그들을 기다리게 해라.

찰스 디킨스

"노래할까요. 무재씨가 말했다. 은교씨는 무슨 노래를 좋아하나요. 나는 칠갑산 좋아해요. 나는 그건 부를 수 없어요. 칠갑산을 모르나요. 알지만 부를 수 없어요. 왜요. 콩밭, 에서 목이 메서요. 목이 메나요? 콩밭 매는 아낙이 베적삼이 젖도록 울고 있는 데다, 포기마다 눈물을 심으며 밭을 매고 있다고 하고, 새만 우는 산마루에 홀어머니를 두고 시집와 버렸다고 하고……."(황정은, 『백의 그림자』 중에서)

『백의 그림자』는 맑은 소설이다. 수채화 같은 서정으로 사십 년 된 세운상가 철거라는 묵직한 소재를 풀어낸다. 간결한 문체가 연극적이면서 음악적이라 아름다운데 특히 난 저 대목에 오래 머물렀다. 「칠갑산」이라는 노래를 흥얼거려 보기도 했다. 노래로 부를 때는 가사가 한없이 처량맞게 느껴졌는데 문장으로 떼어 놓고 나니 근사하다. 행간마다 울림이 고인다.

『백의 그림자』를 읽은 후 대중가요 가사를 인용한 글이 자주 보인다. 『씨네21』의 정희진 칼럼은 송창식의 「사랑이야」로 서두를 연다. "당신은 누구시길래 이렇게 내 마음 깊은 거기에 찾아와 어느새 촛불 하나 이렇게 밝혀 놓으셨나요." 여기에 나오는 '당신'의 정체를 깨달았다고, 그건 사랑하는 사람이 아니라 고통이라며 절절한 이야기를 풀어놓는다. 다음 문장을 좇으며 몰입해 읽었다.

한번은 버스 라디오에서 흘러나오는 「고래사냥」을 듣다가 울컥했다. (무엇을 할 것인가 둘러 보아도) "보이는 건 모두가 돌아앉았네"라는 대목에 턱 걸렸다. 고립무원과 절대 고립의 심상을 이렇게 시적으로 표현할 수 있다니. 내 글에도 이런 구절이 아무렇지 않게 흘러나왔으면 하고 바라는 것이다. 대중가요 노랫말에서 보편적인 감정선을 건드리는 '통속의 미학'을 배운다.

지옥으로 가는 길은 수많은 부사들로
뒤덮여 있다.

———

스티븐 킹

075

몇 년 전 철학 공부 모임에서 한 학인이 글을 발표했다. 탄탄한 논리 전개에 감탄하며 읽어 내려가는데 오자가 났다. '굳이'를 '구지'라고 쓴 것이다. 좌중 폭소. 들뢰즈의 개념을 논증하면서 글이 한껏 고조되는 와중에 엉뚱한 오자가 튀어나와 웃음을 일으켰다. 발표를 마치자 한마디씩 거들었다. 왜 굳이 없어도 되는 '구지'를 써서 오점을 남기냐고.

부사는 글쓰기에서 복병이 되기도 한다. 앞의 사례는 가벼운 에피소드다. 부사는 '굳이' 안 써도 된다는 게 핵심. 오용보다 남용이 화근이다. 부사를 자제할 것. '이 원칙은 거의 모든 글쓰기 책에서 중요하게 다뤄진다.' 이 문장은 이렇게 바꿀 수 있다. '스티븐 킹의 『유혹하는 글쓰기』부터 유시민의 『글쓰기 특강』까지 부사를 자제하라고 당부한다.' '거의', '모든', '중요하게'라는 부사를 책 제목으로 대체했다. '어제는 커피를 많이 마셔서 잠을 설쳤다.' 이런 문장도 바꾸자. '많이'의 기준은 주관적이다. 커피가 석 잔인지 다섯 잔인지 사실대로 쓰면 '많이'가 필요없다. 부사는 동사가 가리키는 변화를 자세히 묘사하는 품사다. 사실과 근거가 탄탄하면 부사는 빼도 된다.

예외는 있다. "침묵을 달아나지 못하게 하느라 나는 거의 고통스러웠다", "네가 누구든 얼마나 그립든" 같은 시구처럼 부사는 말의 결을 살리고 뜻을 잡아 주기도 한다. 글쓰기 초보자에게는 부사가 독이다. 부사가 번성하면 주어와 동사로 이뤄진 주제 문장의 메시지가 묻힌다. 화학조미료가 들어간 음식이 감칠맛은 나지만 원재료 맛을 잠식하는 것처럼 말이다.

난 아직도 부사를 습관적으로 쓴다. 초고에서는 쓰고 싶은 대로 쓰고 퇴고할 땐 부사부터 솎아 낸다. 우선, 대개, 다소, 어김없이, 틀림없이, 가까스로, 완벽하게, 그러니까, 넌지시, 무심코, 시종일관, 부디, 거의, 때로…… 이런 것들이 매번 끝도 없이 나온다.

언어는 시인과 노동자의 합작품이
되어야 한다.

조지 오웰

076

어느 '애묘인'愛猫人이 말했다. "제가 고양이 세 마리 반을 키워요." 주변 사람들 눈이 휘둥그레졌다. 반 마리는 뭐지? 치킨도 아니고. 사연인즉, 세 마리는 집에서 키우고 한 마리는 '길냥이'인데 밥만 챙겨 준다고 했다. 양육자의 입장에서 챙겨야 할 대상을 노동량으로 환산한 것이다. 그 논리를 따르자면 길냥이 두 마리의 식사를 제공하는 나의 친구는 도합 한 마리를 키우는 것이다.

그런 셈법은 사람 양육에도 해당한다. 형제를 키우는 엄마는 남자아이 둘이면 시너지가 나서 아이 셋 키우는 것 같다고 육아의 어려움을 호소한다. 아이가 순해서 손이 안 가면 '없는 것처럼 키웠다'라고 하지 않던가. 자식이 0명이다.

밀양 송전탑 건설 반대 싸움에 참여한 주민 인터뷰집 『밀양을 살다』에서 김영자 어르신이 한 말이 떠오른다. 한평생 농부로 산 그는 고된 수작업 모내기를 하면서도 허리가 아프지 않았고 밀가루 음식도 거뜬히 소화했다면서 이렇게 말한다. "나는 옛날에는 내 위장도 미제고 내 허리도 미제인 줄 알았어예. 우리 클 때는 미제가 제일 좋았거든요."

자기 몸에 관한 이 얼마나 탁월한 은유인지. 웃기고 뭉클해 여운에 잠겼다. 이전에도 인터뷰하면서 만나는 어르신의 촌철살인의 비유나 순박한 입말에 감탄하곤 했다. 질투를 느꼈다. 흉내 낼 수 없고 배울 수 없는 고유한 경지. 몸 움직여 일하는 사람들의 언어는 허공에 뜬 말이 없다. 그러면서도 직관적이고 함축적이며 비유적이다. 일상의 밭을 가는 농부라면 누구나 시인이라고 말할 수 있을까.

너의 마음에 드는 장소는 …… 정열적으로
묘사하면 안 되고 간결하고 명확하게
묘사해야 한다. 그곳에 사는 사람들에게는
그곳이 바로 삶의 현장이고 삶의 표현이기
때문이다.

_____

체사레 파베세

077

세상에서 고양이가 제일 좋다는 딸아이를 데리고, 꼭 한 번 가 보고 싶었던 '잔디로 122번지'를 물어 물어 찾아갔다. 주소지는 동물 보호 시민 단체 '카라'. 일 층 카페 문을 여니 강아지 십여 마리가 문가로 우르르 쏟아졌다. 주인장이 이곳은 예쁜 강아지를 모아 놓은 애견 카페가 아니라 상처가 있고 아픈 애들이 있는 입양 카페라고 강조한다.

하얀 기저귀를 차고 앞발로 몸을 끌고 다가온 강아지는 나와 딸아이 다리 사이에 다소곳이 앉았다. 교통사고를 두 번 당해 하반신이 마비되었는데 사람을 잘 따른다고 했다. 한쪽 구석에서 이불 덮고 있는 강아지는 실명해서 앞이 보이지 않고 나이가 많아 종일 누워 지낸다고 했다. 번식장에서 발정제를 맞고 새끼만 계속 낳다가 일찍 폐경이 와 버림받은 강아지, 척추가 끊어진 몸집 큰 개도 있었다. 혈통 좋아 보이는 하얀 고양이는 상자에 담겨 길가에 버려졌는데 눈병이 심했고 지금은 오른쪽 눈이 움푹 파였다.

반려 동물 십수 마리를 한꺼번에 보는 것도 처음이지만 장애가 있는 반려 동물을 접하기도 처음. 어설픈 감정 이입에 눈물이 났다. 딸아이가 뭐가 불쌍하냐며 내 옆구리를 쿡 찔렀다.

두어 시간 정도 지나자 슬슬 한 녀석씩 눈에 들었다. 연신 곁을 떠나지 않던 그 강아지는 활동가가 들어오자 냉큼 달려가더니만 휠체어에 다리를 끼우고 경중경중 산책을 나갔다. 여기는 '완전한 몸'이라는 사회적 문화적 환상이 작동하지 않는다. 장애에 대한 편견과 차별이, 장애를 극복하라는 요청이 없다. 사람과 동물이 아픈 대로 몸 부비고 기대어 살아가는 복닥복닥 일상이 있다. 나는 카라 입양 카페 방문 소감의 동사를 수정한다. '불쌍하다'에서 '살아간다'로.

상대방이 내 말을 쉽게 이해할 것이라고
착각하지 않는 것으로부터 글쓰기는
시작되어야 한다.

———

김대중

2016년 1월 10일, 데이빗 보위가 별이 되었다. 그를 애도하는 글을 어느 학인이 썼다. 보위는 자유이고 열광이었다고 회상했다. 그 글을 읽자니 그리움이 밀려왔다. 내 학창 시절 인기 많던 영국 가수. 반 친구들은 독특한 스타일의 보위 사진을 코팅해서 들고 다녔다. 한쪽 이어폰을 빌려 나도 음악을 듣곤 했다. 그때 그 노래 「Ashes to Ashes」 같은 곡들을 다시 찾아 들었다.

나 같은 70년대 생이거나 올드한 음악 취향을 가진 이들과 달리 '전설의 데이빗 보위'를 모르는 젊은 학인들은 덤덤했다. 그 글은 '데이빗 보위는 훌륭한 아티스트다'라는 전제에서 슬픔과 애도의 서정을 풀어냈다. 어떤 점에서 왜 그렇게 대단한지 사례를 들거나 설명하지 않았다.

마음의 진도가 맞지 않는 경우는 독자와 필자 사이 흔히 발생한다. 일전에 어느 학인이 「못생긴 여자 생존기」라는 글을 썼다. 예쁘지도 날씬하지도 않으면서 인기 있는 여자로 살기 위해 몸부림을 치다가 고2 때 '나를 위해 죽었다는 예수님'을 만나고 자존감을 회복했다는 내용이었다. 나는 그 대목을 짚으며 자존감 상승의 타당한 근거가 누락됐다고 말했다. 그는 '왜지?' 하는 난감한 표정을 지었다. 다른 기독교인 학인들은 그 문장으로 충분히 이해된다고 입을 모았다. 비기독교인 학인들은 나처럼 '논리의 비약'이라고 느꼈다. 서로가 서로를 신기하게 바라보았다.

세계는 복수다. 우리는 같은 언어를 쓰고 있지만 다른 세계에 살고 있다. 상대방의 '말귀'를 알아듣는 게 쉬운 일이 아니다. 내가 다 알고 있으니까 남도 알겠지 하는 생각은 금물이고 착각이다. 전 국민이 독자가 될 수는 없지만 최소한의 배경 지식을 넣으면 더 많은 독자를 아우를 수 있다. 내가 학인들에게 자주 하는 말은 이거다. "나만 아는 업계 용어 쓰지 말자." 언론계에 통용되는 원칙도 있다. '독자는 아무것도 모른다.'

글 쓰는 것이 너무도 힘들 때 자신을
응원하기 위해 쓴 책을 읽습니다. 그러면서
글쓰기가 항상 힘들었으며, 종종 거의
불가능했었다는 것을 기억해 내곤 합니다.

———————

어니스트 헤밍웨이

079

한 고등학교에서 글쓰기 특강을 할 때다. 아이들에게 질문을 받았다. 포스트잇에 써 칠판에 붙여 놓고 하나씩 답변을 해 주었다. 나이가 몇 살이냐는 것부터 장르 소설 쓰는 법 알려 달라는 것까지 서른두 가지가 나왔는데, 질문의 왕은 이것이었다. "어떻게 써야 할지 모르겠어요?" 물음표까지 달려 있었다. 그 아이는 정말 궁금한 것이다. 이 총체적이고도 근본적인 물음에 난 서슴없이 답했다. "나도 그거 때문에 만날 울어요."

그 말이 내 말이다. 어떻게 써야 할지 모를 때가 있다. 가끔, 내가 글을 쓰는 사람이 맞나 싶을 정도로 백지 앞에서 아득하다. 그럴 때 『올드걸의 시집』이나 『글쓰기의 최전선』 같은 내 책을 뒤적여 본다. 남의 글처럼 낯설다. 첫 문장을 어떻게 시작했는지 마무리는 어떻게 맺었는지 세세히 기억나지 않지만 불안의 입자는 만져진다. 책에 얌전히 누워 있는 그 글들도 어떤 막연함과 불안의 파동을 뚫고 가까스로 건져 올린 것들이다.

참으로 얄궂다. 쓰고 나면 아무것도 아닌데 쓰기 전엔 불가능해 보인다. 그래도 쓰고 싶어서, 써야 하니까, 쓰지 않으면 안 될 어떤 필연적 상황에서 한 문장씩 밀고 나간 흔적들이다. 그 '실물'을 만지작거리며 나를 다독인다. 저번에 썼으면 이번에도 쓸 수 있다.

글쓰기의 거짓 욕망이 다른 욕망,
주체 자신도 모르는 욕망을 가리는
것입니다.

롤랑 바르트

하고 싶은 일은 해 보는 편이다. 행하면서 안다. 정말 하고 싶은 일이 맞는지. 난관에 봉착하면 욕망의 실체가 드러난다. 하고 싶은 일이면 문제를 해결할 궁리를 하고, 하고 싶은 일이 아니면 문제를 핑계 삼아 그만둘 명분을 만든다.

나한테 영어 공부가 그랬다. 한반도를 벗어나지 않는 생활 반경에선 영어 쓸 일이 거의 없다. 지금까지 영어가 필요했던 적은 손에 꼽는다. 유럽 여행 갔을 때, 국제 학술 대회 취재 갔을 때, 친구가 외국인 애인을 데려왔을 때 등등 일이 년에 한 번 꼴로 '언어의 벽'을 만났다. 어쩌다 한 번이지만 '토킹어바웃'을 좋아하는 나 같은 사람이 사람 앞에서 벙어리가 되는 경험은 충분히 충격이었다. 그럴 때마다 영어 회화 책을 사고 영어 공부 소모임도 갔으나 작심 삼 주였다. 영어를 못하면 창피하지만 그렇다고 밥 굶는 상황이 아니니까 다급한 다른 생계형 일들에 우선순위가 밀렸다. 같은 패턴으로 프랑스어, 독일어도 교재에 먼지만 쌓여 간다.

글쓰기는 피곤하고 바쁘니까 해야만 잠이 왔는데 외국어 공부는 피곤하고 바쁘니까 할 수 없는 일이 되곤 했다. 시행착오를 거듭한 끝에 '이번 생은 모국어만'으로 입장을 정리했다.

이쯤에서 생각한다. 나는 왜 외국어 습득에 도달하지 못했을까가 아니라 나는 왜 꼭 필요치도 않은 외국어를 하려고 했을까. '하나 더'를 욕망했을까. 나를 꾸밀 또 다른 지적 장식물을 원했던 것 같다. 글쓰기도 어학 능력처럼 자기 포장의 항목이 된 세태에서 나는 내 경험을 참조해 글쓰기를 배우러 온 이들에게 말한다. 정말 글쓰기를 원하는지 아닌지, 일단 해 봅시다.

소설을 쓸 때마다 내가 소설을 쓴다고
생각하지 않으려고 합니다. 그보다는
'지금 나는 부엌에서 튀김을 올리고
있다'라고 생각하려 합니다.

무라카미 하루키

'바람의 노래'라는 닉네임을 쓰는 이가 있었다. 조용필 팬이 냐고 물었다. '바람의 노래'는 조용필 노래 제목이니까. 그는 깔 깔 웃으며 하루키를 좋아한다고 말했다. '바람의 노래를 들어라' 라는 무라카미 하루키의 소설 제목이다. 우리 집 책장에도 두 권이나 있다. 있는 책을 선물로 받았다. 읽었지만 강렬하지 않았 나 보다. 제목조차 기억 못 하는 걸 보면.

주변에 하루키 독자가 많다. 직장인이 출근해 일하듯 매일 일 정 시간에 일정 양을 쓴다더라, 마라톤으로 글 쓰는 체력을 다 진다더라는 얘기를 귀동냥으로 들었다. 작품보다 창작 비밀이 솔깃했다. 엄격한 자기 규율이 엄청난 작품 생산의 비밀임을 감 지했다.

인터넷 서핑을 하다가 하루키의 인터뷰를 봤다. 하루키는 소 설 쓰기를 '튀김 올리기'에 빗댔다. 자신이 먹고 싶어서 튀긴다 는 생각을 하면 어깨에 힘이 쑥 빠지고 그때부터 상상력이 나오 기 시작한다며 말했다. "소설을 쓰기 어려우면 튀김을 생각하세 요. 술술 쓸 수 있습니다."

나도 글쓰기를 요리에 비유한다. 결정적 차이는 대상이다. 내 게 글쓰기는 자기를 위한 튀김 올리기가 아니라 남을 위한 요리 만들기다. "손님에게 글 한 편 대접한다고 생각하고 쓰세요. 더 정성을 들이게 됩니다." 하루키와 나의 문화, 계급, 젠더 감각의 차이일 것이다. 한국에 사는 가사 노동 종사자 여성이자 나눔을 중시하는 공동체주의자로서 나는 하루키의 군침 도는 창작 비 법 '나를 위한 튀김 올리기'에 절반만 동의한다.

기록한다는 것은 조수간만처럼
끊임없이 침식해 들어오는 인생의 무의미에
맞서는 일이기도 하죠.

———
김영하

082

"시간이 지날수록 옛날 일이 생각이 나지 않아요. 이대로 가다간 제 인생에 아무것도 남을 것 같지 않아서 글을 쓰려고 왔습니다." "직장을 그만두었어요. 제가 무얼 원하는지 알고 싶어서 글을 써 보려고요."

글쓰기 수업 수강 동기에서 가장 자주 나오는 말이다. 나는 어디서 와서 어디로 가는가. 그 뿌리칠 수 없는 물음의 답을 구하기 위해 글쓰기의 문을 두드린다. 혼자 할 수 있고 돈이 들지 않고 시간과 장소의 구애가 없다. 기억이라는 재료도 준비 완료. 자기 정리의 만만한 수단으로 글쓰기를 택하는 것 같다. 어느 학인은 젊은 시절 장사의 추억을 떠올렸다.

"많이 팔기 위해 속이고 속고 하면서 가면을 써야 했다. 이 년쯤 일을 하고 나니 새벽 퇴근길에 누군가에게 욕을 퍼붓고 속 시원하게 무언가 때려 부숴야 하겠다는 충동이 일었다. 이대로는 내가 미쳐 버리겠구나 싶어서 그 일을 그만두고 쉬었다."

이 문장은 자기 정리로써 글쓰기가 왜 필요한지 보여 주는 좋은 사례다. '장사할 때 안 좋았다', '사람들 때문에 힘들었다' 같은 느낌의 차원이 아니라 구체적인 '사실'의 옷을 입은 기억. 이런 기억 복구 작업인 글쓰기는 과거의 회상이면서 현재의 보호막이 되어 준다. 스스로 가치 판단을 내려 본 일이므로, 나쁜 충동을 불러일으키는 삶의 자리에 다시 찾아 가는 일은 피할 수 있을 테니까.

시험 삼아 내 입으로 읽으니, 이를
듣는 것은 나의 귀였다. 내 팔로 글씨를
쓰니, 이를 감상하는 것은 내 눈이었다.
내가 나를 벗으로 삼았거니, 다시
무엇을 한탄하랴!

———
이덕무

글 잘 쓰는 법이 뭐냐고 밑도 끝도 없이 물어보는 사람을 어딜 가나 꼭 만난다. 거기다가 대고 '글쓰기는 글쓰기를 통해서만 배울 수 있습니다' 이러면 선문답 같고, 실용 팁이랄 게 딱히 없어 난감한 와중에 구세주 같은 실행 지침을 챙겼다.

"글을 쓰고 소리 내서 읽어 보세요."

자기가 쓴 글을 소리 내서 읽어 보기는 전업 작가도 강조한다. 움베르트 에코는 같은 페이지를 수십 번 쓰고, 때때로 쓴 문장들을 소리 내어 읽어 보는 걸 좋아한다고 창작 비법을 밝혔다. 글을 쓴 후 카세트테이프에 녹음하고 들으면서 퇴고한다는 어느 소설가의 얘기가 전설처럼 떠돌기도 했다. 폴 오스터는 이런 말을 남겼다. "훌륭한 산문 작가는 어느 정도는 시인이 되어 언제나 자기가 쓰는 글의 소리를 들어야 한다."

내가 '낭독의 진가'를 발견한 건 글쓰기 수업에서였다. 발표자는 자기가 쓴 글을 직접 읽는데 낭독을 마치면 스스로 글의 문제점을 알아챈다. '글이 중언부언하네요', '글이 너무 딱딱해요', '서도 여기가 지루하네요.' 다른 사람이 지적하기도 전에 자백하듯 실토한다. 읽으면 보이는 것이다. 묵독이 아닌 낭독은 어조, 억양, 공명, 논점에 주의를 집중시킨다. 내가 나를 벗 삼는 것, 글이 느는 지름길이다.

정말로 진지한 소설에서는 진정한 갈등이
여러 인물들 사이에서 벌어지는 것이
아니라 독자와 작가 사이에서 벌어진다.

———————

블라디미르 나보코프

084

도스토옙스키의 『가난한 사람들』을 재밌게 읽었다. 서간체 소설 형식이라 글이 착착 감긴다. 인물의 감정선이 직접적으로 드러나니 정서 감염도 빠르다. 뜨겁다가 거북하다가 애달프다가 슬프다가 불쌍하다가 우습다가, 페이지를 넘길 때마다 내 마음의 날씨가 계속 변한다. 물질의 가난과 정신의 가난(문학적 빈곤)을 이분법으로 나눌 수 없지만, 소설에서도 가난이 사랑의 최대 훼방꾼 노릇을 한다.

난 '가난한' 남자 주인공 제부쉬킨이 그리 비참해 보이지 않았다. 그 많은 언어, 표현, 감정이 어떻게 화수분처럼 계속 나올까? 비록 동어반복이고 유치해도 자기 감정을 끝까지 놓치지 않고 끌고 가면서 말을 기르고 어르고 달래며 정신의 확장이 일어난다. 후반부에서는 사유가 정교하고 표현이 풍부해지니 그 변화가 신비롭기까지 하다. 여자 주인공 바르바라와 지적 층위나 정서의 결을 맞추지 못하고 일방적인 장광설을 퍼부은 게 안타깝지만, 사랑에 빠졌을 때 자기 상태가 객관적으로 보이는 사람이 몇이나 될까.

『가난한 사람들』을 읽고 나니 가난을, 사랑을 재정의하고 싶어진다. 내가 아는 가장 비참한 가난은 '관계의 가난'이다. 주변에 사람이 없다. 관계의 가난은 경험의 가난이며 언어의 가난이다. 이 연결 고리가 삶을 비극적으로 만든다. 그래서 제부쉬킨이 내 기준에는 가난하지 않다. 끊임없이 쓰고 말하는 주체인 그에게서 고양된 힘을 느꼈다. 자기 경험과 감정을 진술할 수 있는 그는 자원이 많은 사람이다. 이것이 왜 가난이란 말인가. 좋은 책은 혼란을 주고 혼란은 쓰기를 자극한다.

나는 씁니다. 따라서 나는 스스로
안심합니다.

———————
롤랑 바르트

085

나는 언제 좋은 사람이 되고 언제 나쁜 사람이 되는지 나이를 먹으면서 알게 됐다. 나쁜 사람이 될 때는 배고프고 피로할 때다. 사소한 일에도 짜증이 올라온다. 오장육부가 언어 중추를 쥐락펴락한다. 좋은 사람이 될 때는 글을 쓸 때다. 사소한 것이라도 찬찬히 살피고 다르게 보려고 애쓴다. 한 줄 한 줄 밀고 나가는 심사숙고의 시간 동안 모든 사물이 제자리를 찾아가는 기분이 든다.

나는 나를 '글 쓰는 사람'이라고 소개한다. 글쓰기는 나를 내 자리로 돌려놓는 최면 효과가 있다. 마른 김 굽고 하얀 밥 지어 먹고 커피 내려서 글 쓰려고 노트북 앞에 앉을 때 가장 생이 평화롭다.

동류를 찾는 본능일까. 글쓰기 수업에서 나와 같은 부류, 감각의 주파수가 맞는 사람을 만나고 만드는 게 큰 기쁨이다. 글을 잘 쓰고 싶어서 와 놓고 막상 글 쓰는 건 회피하는 이들을 볼 때 난처하다. 그 자기모순을 직시하도록 하고 쓰도록 권한다.

쓰기 전엔 잘 쓸 수도 없지만 자기가 얼마나 못 쓰는 줄도 모른다는 것. 써야 알고 알아야 나아지고 나아지면 좋아지고 좋아지면 안심한다. 안 쓰면 불안하고 쓰면 안심하는 사람, 그렇게 글 쓰는 사람이 된다.

퇴고는 자신의 글로부터 유체 이탈하여
자신의 글에 대한 최초의 독자가 되어 보는
경험이다.

———

정여울

086

'창작의 고통'이라고 말하면 너무 거창하다. 그치만 대단한 예술 작품이 아니라도 없던 것에서 있던 것이 되는 일은 쉽지 않을 것이다. 나한텐 책 내는 일이 그랬다. 대개 에세이 단행본 한 권에 원고지 800매가량이 들어간다. 지면을 채우기도 쉽지 않지만 그 원고를 책이 나오기까지 수차례 읽어야 하는데 그게 고역이다. 무슨 형벌 같다. 시인 허수경 시구대로 "끝내 버릴 수도 무를 수도 없는 참혹."

나에게 창작의 고통은 쓰기의 고통보다 읽기의 고통이다. 글을 쓸 때는 자기가 뭔가 대단한 생각이라도 내놓는 양 착각에 빠지는 순간이 있다. 만족스럽다. 그런데 다 쓴 글을 읽으면 십중팔구는 실망스럽다. 이 감각의 간극을 좁히고 논리의 공백을 메우는 일이 퇴고다. 퇴고를 하려면 읽고 또 읽을 수밖에 없다.

크게는 두 가지 질문을 오가면서 읽는다. '나는 이 글을 통해 무슨 말을 하고자 했는가'와 '내가 말하고자 하는 주제가 잘 전달되었는가'. 그 단어가 정확한지, 문장이 엉키지는 않는지, 단락 연결이 매끄러운지, 근거는 탄탄한지, 글의 서두와 결말의 톤이 일관된지, 주제를 잘 담아내는지. 살피고 고친다. 10매 내외의 칼럼 원고 한 편이라도 퇴고는 버겁다. 그러니 책 한 권 분량은 가혹하기까지 한 것이다.

글을 책으로 엮으며 알았다. 좋은 글을 쓰려면 먼저 그 자신이 영리한 독자, 냉정한 판관이 되어야 한다. 글이 삐걱거리는 순간을 알아채는 감각이 우선, 더 낫게 고치는 기술은 다음, 갈수록 나아지는 글을 보는 기쁨은 오래 기다려야 주어지는 선물이다. 첫 독자에만 주어지는 아주 귀한.

접속사를 꼭 넣어야 된다고 생각하지 말게.
없어도 사람들은 전체 흐름으로 이해하네.

───────

노무현

087

아이가 초등학교 2학년 때다. 방 청소를 하다가 일기장을 보았다. 삐뚤삐뚤한 글씨가 공책 한 바닥 가득했다. 기특하게 여기며 읽다가 깜짝 놀랐다. 문장이 거의 '왜냐하면'으로 시작해서 '때문이다'로 끝나고 있었다. '나는 밥을 먹었다. 왜냐하면 배가 고팠기 때문이다.' 이런 식이다. 고정된 부호처럼 문장 첫머리에 달라붙은 '왜냐하면'은 초등학교 고학년이 돼서야 사라졌다. 아이는 무얼 그리 설명하고 싶었을까.

정도는 다르지만 글쓰기 시작할 때 나도 그랬다. 접속사를 넣어야 글이 앞뒤가 맞는 거 같고 안심이 됐다. '하지만, 그런데, 그러나, 그리고'를 쓰는 줄도 모르고 썼다. 나중에 보니 글쓰기 책에서는 하나같이 '접속사 금지령'을 내리고 있었다. (왜냐하면) 접속사가 많은 글은 설명적이고 무겁다는 것이다. 그걸 알고부터 퇴고할 때 작정하고 접속사를 잡아냈다.

글쓰기 수업에 온 학인들도 운명처럼 접속사를 사랑한다. '하지만'은 국민 접속사라 할 만하다. '나의 몸과 마음이 건강할 때는 사는 데 거칠 것이 없었다. (하지만) 그렇지 못할 때 삶은 고단하게 다가왔다' 같은 경우다. 하지만, 하지만, 하지만이 콕콕 박혀 있는데 지적하기 전에는 스스로 전혀 의식하지 못한다. 난 접속사를 빼고 문장을 다시 읽어 보라고 한다. 읽으면 바로 안다. 접속사 없이도 의미가 통한다는 사실을.

자기 글을 보여 주고 싶은 점증하는 욕망은
결국 완성을 위한 모터가 될 것이다.

———————

발터 벤야민

영화 『비비안 마이어를 찾아서』는 누구에게도 공개된 적 없는 15만 장의 사진을 남긴 사진가의 삶을 추적하는 다큐멘터리다. 한 남자가 경매에서 우연히 필름이 든 상자를 발견해 그 사진이 세상의 빛을 보고 사진가는 세계적인 명성을 얻는다. 사진가 이름이 비비안 마이어. 삶의 내력이 독특하다. 평생을 부유한 집안의 아이들을 돌보며 유모로 살았던 그녀는 그 아이들의 사진을 찍거나 또 길에서 마주친 사람 등 주변 인물을 과감하게 사진에 담았다.

실화를 다룬 이 영화를 보며 혼란스러웠다. 비비안 마이어는 왜 자신의 작업을 세상에 내놓지 않았을까. 칭찬도 비난도 무관심도 없는 외부와 단절된 작업이 고독하진 않았을까. 자신과의 교감에 집중하는 게 외려 홀가분했을까. 혼자만 볼 뿐인데 그로 하여금 계속 무거운 카메라를 들게 한 힘은 무엇이었을까.

비비안 마이어는 친구도 가족도 없었다. 외부와 최소한의 접점만 만든 채 외로운 단독자로 살다 갔다. 사진 작업만 공유하지 않은 게 아니라 일상생활도 교류 없이 고립을 자처했다. 그런 그에게 사진은 유일한 친구이자 세상과 교감의 통로가 되어준 게 아니었을까 싶다.

니체는 인간은 외로울 때 자기 자신을 둘로 나눈다고 했는데, 비비안 마이어를 보니 정말 그렇다. 사회적 존재로서 인간이 타자의 승인을 갈구하고 그것을 창작의 동력으로 삼는다면 비비안 마이어는 자신을 둘로 나누어 한 사람은 창작을, 한 사람은 감상과 지지를 보냈다. 자기의 사진을 보여 주고 싶은 타자는 또 다른 나였던 게 아닐까 싶다.

에세이의 결정적 기술은 글쓴이가
자기 노출을 절묘하게 통제하는 데 있다.

───────

웬디 레서

089

육아 집중기에 또래 엄마들과 친하게 지냈다. 육아의 큰 산을 함께 오르다 보니 말길이 트이고 관계가 돈독해진다. 아이들 유치원 보내 놓고 카페에서 수다 떠는 엄마들이 팔자 좋은 한량처럼 회자되곤 하는데, 그건 사회적으로 고립된 약자들의 생존법이다. 아이를 어떻게 키우는지 방법도 모르고 엄마가 된 사람들이 육아 부담을 덜고자 본능적으로 모이는 것이다.

할 말 못할 말 다 나오는 이 수다에도 수위 조절이 중요하다. 매번 자식 자랑으로 이야기가 끝나는 사람은 '돈 내고 자랑하라'는 구박을 받는다. '농담유골'이라던가. 뼈 있는 말이다. '아이가 순해서 착하다', '상을 받았으니 대단하다'같이 공회전하는 이야기는 따분하다. 어떤 사건이나 행동이 정보로 가치가 있거나 인식을 전복시키거나 정서에 울림이 있지 않으면 듣는 사람이 피곤한 법이다.

이는 자기 경험을 주재료로 삼는 글쓰기에도 적용된다. 개인적 경험을 끌어올 때는 그 자기 노출에 보편 의미를 부여할 수 있어야 한다. 내 글에도 아이가 등장한다. 지인과의 술자리 에피소드가 나온다. 이 사례가 꼭 필요한가 점검하는 나름의 기준이 있다. '과시인가 소통인가.' 소설가이자 번역가 이윤기가 글쓰기 전에 묻는다는 그 물음을 나도 던져 본다.

내 경험이 남들에게 도움을 주는가. 뻔뻔한 자랑이나 지지한 험담에 머물지는 않는가. 타인의 삶으로 연결되거나 확장시키는 메시지가 있는가. 이리저리 재어 본다. 자기 만족이나 과시를 넘어 타인의 생각에 좋은 영향을 준다면 자기 노출은 더 이상 사적이지 않다. 돈 내고 들으려는 사람도 생길 것이다.

자아를 허락한다는 것은 온기, 근심,
연민, 아첨, 불완전함의 공유 등을
허락하는 것이다. 이것이 빠지면
무미건조하고 사실성 없는 글이 된다.

———————

마크 크레이머

시인 이성복은 한 인터뷰에서, 문학은 세상에 없는 길을 가는 것이고 거미처럼 스스로 길을 만들어 가야 한다며 나쓰메 소세키와 김수영을 들어, 두 사람은 자기 자신을 소처럼 온몸으로 밀고 나가는 글쓰기를 했다고 말했다.

눈물겨운 이름 김수영. 닮고 싶은 글쟁이다. 그가 한국 문학사에 길이 남을 모더니스트이자 참여 시인이라서가 아니다. 자기의 불완전성과 세속의 지긋지긋함을 있는 그대로 응시하고 까발리고 성찰하는 사람이라서 좋다. 매끄러운 정직이 아니라 울퉁불퉁한 우직함이 신뢰를 준다. 그의 시나 산문에서 드러나는 언행은 꽤나 거칠고 고지식한데 그래서인지 투명하다.

오십 원짜리 갈비에 기름 덩어리만 나왔다고 분개하는 시 「어느 날 고궁을 나오면서」는 잘 알려져 있고, 길에서 우산대로 여편네를 때려눕히고도 현장에 버리고 온 우산을 아까워하는 시 「죄와 벌」도 있다. 자기는 시인임에도 시와 반역된 생활을 하고 있다며 나같이 사는 것은 나밖에 없을 것이라고 자책한다. 4·19 일주기에 쓴 산문에서는 "오늘이라도 늦지 않으니 썩은 자들이여, 함석헌 씨의 잡지의 글을 한번 읽어 보고 얼굴이 뜨거워지지 않는가 시험해 보아라. 그래도 가슴에 뭉클해지는 것이 없거든 죽어 버려라!"라고 일갈한다.

한 사람의 잡스러운 감정, 부끄러운 기억, 파격적인 생각의 극단까지 밀고 나가는 시인. 김수영이 기준이 되어 버리니 올바름과 위대함만 있는 글은 꼭 가짜 같다.

작품을 완성할 수는 없다. 단지
어느 시점에서 포기하는 것뿐이다.

———

폴 발레리

'더 고치고 싶었는데 잠이 들어서요.' '수업 시간에 늦을까 봐 대충 마무리하고 왔어요.' 글쓰기 수업에서 흔히 듣는 말이다. 과제 글을 '더' 잘 쓰고 싶었는데 이런저런 사정으로 '급'마무리했다는 것이다. 원래 글쓰기의 생리가 그렇다고 말해 주었다. 글을 시작하는 건 자기 의지이지만 글을 끝내는 건 외부 조건이다. 원고 제출 마감일이 걸려서 파일을 닫고, 졸립고 피곤해서 원고에서 손을 뗀다.

그걸 모르고 '납품 원고'를 처음 쓰기 시작했을 때 난 마감을 탓했다. 하루만 더 있었으면 더 잘 쓸 수 있었을 거라며 아쉬워했다. 요즘엔 마감이 고맙다. 원고 마감 기한이 없었으면 지지부진한 글에 종지부를 찍지 못했으리란 걸 안다. 어르신들의 레토릭, '내가 죽어야 이 고생이 끝나지' 하는 말과 비슷하다. 마감 전에는 안 끝난다.

글쓰기 수업에서도 증명됐다. 처음엔 학인들의 바쁘다는 하소연에 속았다. 매주 책 한 권 읽고 글 한 편 쓰는 게 어렵지, 쉽시 않겠지, 직장인이거나 학생이거나 주부이거나 생업이 있으니 힘들 거야. 그런 생각에 매주 한 번에서 이 주에 한 번으로 과제 주기를 바꾼 적도 있다. 웬걸. 매주 쓰던 사람은 이 주에 한 번도 쓰고 매주 안 쓰던 사람은 이 주에 한 번이라도 안 썼다. 다시 매주 과제하기로 돌려놓았다. 글쓰기란 생각의 과정을 담는 일이다. 생각을 완성하는 게 아니라 중지하는 것이다. 글쓰기에는 충분한 시간이 아니라 정해진 시간이 필요하다.

Man(인류)에 대해 쓰지 말고
man(한 인간)에 대해 쓰라.

E. B. 화이트

"대체로 사람들은 그들의 개인적인 경험을 통해 인생에 대해 배운다. 그러나 나는 다른 사람의 이야기를 통해 인생을 배웠다." 어디선가 보고 다이어리에 적어 둔 글이다. 내가 쓴 줄 알았다. 나야말로 사람이 스승이고 학교였다. 자유 기고가로 일할 때는 인터뷰하면서, 글쓰기 수업에서는 학인들 글을 통해서 인생을 배웠다. 내 앞에 놓인 삶은 매번 대단했다. 이 세상에 '보통 사람'은 없으며 '평범한 삶'도 없다는 사실을 한 사람을 통해 알았다.

이는 정작 학교에서는 배우지 못했던 것들이다. '도덕적 주체', '자율과 도덕', '사회 정의', '이상적인 인간과 사회' 같은 추상적인 개념으로 짜인 교과서는 삶으로 친절하게 안내하지 않는다. 부부간의 화합, 양보와 이해와 배려와 대화의 중요성을 설파하는 주례사가 결혼 생활에 도움을 주지 않듯이, 공문서에 양념처럼 들어가는 '다양한'과 '새로운'이란 수식어가 더 이상 다양하지도 새롭지도 않은 제안을 내놓듯이 말이다.

피외 살이 도는 한 사람이 보이는가. 도덕 교과서나 주례사나 공문서 같은 고리타분한 글을 피하고 싶을 때, 내가 택하는 가장 안전한 점검 방법이다. 그런 점에서 증언 문학 『체르노빌의 목소리』는 내게 이상적인 작품이다. 내용은 체르노빌 원전 사고로 폐허가 된 벨라루스에서 살아남은 사람들 개개인의 고통을 날것 그대로 담았다. 인용구로만 이뤄진 목소리 소설이다. 부제가 미래의 연대기. 한 사람으로 들어가는데 인류로 빠져나오는 마법 같은 글이다.

벗에 대한 우리의 동경, 그것은 우리 자신이
누구인지를 드러내 주는 누설자다.

프리드리히 니체

093

좋아하는 작가가 누구냐는 질문을 가끔 받는다. 이때 작가는 소설가인가 보다. 도스토옙스키, 기욤 뮈소, 무라카미 하루키 같은 외국 소설가나 김애란, 한강, 박민규 같은 국내 소설가를 거론하며 내 입을 바라본다. 그럴수록 대답이 궁하다. 내게 소설은 '나중에' 읽는 책이다. 시집이나 인문서가 우선 손이 간다. 김수영, 최승자, 이성복, 황지우 같은 시인을 좋아한다고, 니체랑 조지 오웰은 내 인생의 두 오빠라고 너스레를 떤다.

어떤 작가를 좋아하고 어떤 책을 읽는가. 글 쓰는 사람에겐 자기 정체성을 만들어 가는 지표가 된다. 읽기가 쓰기를 낳으니까. 이런 원리다. 좀 비위가 상할 수도 있는데 아기를 낳고 젖을 먹이면 신기했다. 내가 상추를 먹으면 아기가 초록색 똥을 싸고 내가 김치를 먹으면 빨간색 똥이 나왔다. 모유가 아기의 투명한 몸을 통과해 그대로 내보내는 것이다. 활자도 비슷하지 않을까. 머리도 몸의 일부니까 섭취한 것에서 나오지 않을 도리가 없다. 갓 태어난 아기처럼 정직하게.

난 시적인 글을 쓰고 싶다. 찬찬히 보고 오래 보아서 그때 보이는 것을 간결한 언어로 기록하고 싶다. 나는 니체처럼 쓰고 싶다. "있는 것은 아무것도 버릴 것이 없으며, 없어도 좋은 것이란 없다." "지진은 샘을 드러낸다." 이런 가슴으로 직진하는 잠언체, 고백적 화법을 촌스럽지 않게 구사하고 싶다. 나는 또 오웰처럼 유머와 기품이 넘치는 글을 원한다. "보통 사람들의 품위가 발현되는 세상"과 "정치적인 글쓰기를 예술로 만드는 일"을 바랐던 그의 꿈은, 나의 꿈이다.

글쓰기는 냇물에 징검돌을 놓는 것과 같다.
돌이 너무 촘촘히 놓이면 건너는 재미가 없고,
너무 멀게 놓이면 건널 수가 없다.

이성복

094

출퇴근길 교통편이 애매해 걸어 다닌 적이 있다. 도보 삼십 분 거리. 날씨가 좋을 때는 괜찮지만 춥거나 더울 땐 꾀가 났다. 지루함을 달래는 방법을 나도 모르게 모색한 모양이다. 걸으면서 저 다리까지만, 지하철역까지만, 계단까지만, 이렇게 중간 목표점을 찾아냈다. 그렇게 서너 군데를 통과하면 목적지인 사무실 앞에 당도했다.

한 호흡의 단위 정하기. 일상의 고행길을 헤쳐 나가기 위한 인간의 본능일지도 모르겠다. 쓰기도 걷듯이 하고 있다. 원고지 30매 쓰려면 막연한데 5매씩 여섯 단락 쓰기는 만만하다. 9매짜리 원고가 90매처럼 압박감이 들 때면 3매씩 세 단락 쓰자고 셈한다. 조삼모사의 정신 승리 셈법이지만 요긴하다.

대략 한 단락에 열 줄 내외로 채운다. 한 문장씩 세공하듯 다듬는다. 글을 쓸 때 현미경과 망원경을 적절히 선택해 사용하라는 지침을 상기한다. 행간이 너무 촘촘해도 안 되고, 너무 듬성해도 안 된다. 한 단락이 완성되면 다음 단락으로 넘어간다. 단락을 나누면 시각적으로도 글의 구조가 한눈에 들어온다. 중언부언하거나 흐름이 매끄럽지 않으면 가구 배치를 다시하듯 문장 혹은 단락을 들고 위로 아래로 이사 다닌다.

학인들 글을 합평할 때 '첫 단락, 빼도 되겠네요'라는 말을 매번 한다. 힘이 들어간 첫 단락은 사족인 경우가 많다. 애매한 단락은 버려야 글이 선명해진다. 단락별로 소제목을 달아 본다. 소제목끼리 이어서 읽어 봤을 때 글 전체 내용이 요약되면 성공한 글이다.

행은 시의 단위이고 단락은 산문의 단위라고 한다. 나는 글을 쓴다는 말을 이렇게 바꾸어 본다. 단락에 생각 붓기.

합리적으로 대응하기 위해서는 우선
'감동'해야만 하는 것이다. 무관심과 냉소는
지성의 표시가 아니라 이해력 결핍의
명백한 징후이다.

한나 아렌트

좋은 칼럼을 읽었다. 역사문제연구소 연구원 후지이 다케시가 수요 시위에서 「바위처럼」이란 노래를 듣고 쓴 글이다(『한겨레』 2016년 1월 24일 자). "어떤 유혹의 손길에도 흔들림 없는 바위처럼" 살아가 보자는 노랫말이 이십 년 이상 끈질기게 계속된 시위 현장에는 어울리지만, 자신은 흔들려서 나왔고 처음 흔들림이 없다면 어떤 운동도 시작되지 않았을 것이라며 "흔들림을 숨기려 할 때 사람은 고독해진다. 굳세게 선 바위는 늘 혼자다. 갈대처럼 흔들리는 것이야말로 '우리'를 이루게 하는 원동력이다"라고 글을 맺는다.

바위로 표상되는 이성, 갈대로 표상되는 감성. 이성 중심의 서구 형이상학 전통 아래 감성은 홀대를 받았으니, 마음의 요동 없인 '글심'이 생기지 않는 나 같은 갈대 근성의 소유자는 이런 글이 반갑다.

전태일도 갈대였다. 평화시장 재단사로 일할 때 옆자리 나이 어린 여공들의 딱한 처지에 흔들렸다. 화장실도 못 가고 한 달 내내 일한 돈을 병원비로 내야 하는 '밑지는 생명'을 양산하는 이 구조적 불합리를 분석하고 열악한 노동 환경을 개선하려 근로기준법을 뒤졌다. 그 길고 외로운 싸움을 글로 남겼다. 후지이 다케시는 "'12·28 합의' 이후 아무래도 가만히 보고만 있을 수가 없어서" 매주 수요 시위에 나가게 되었다고 글을 썼다. 굳어 버린 지각과 감성이 아니라 흔들리는 감정과 울분이 사유를 갱신하는 글을 낳는다. 어느 시인의 말대로, 흔들리지 않고 피는 꽃(글)이 어디 있으랴.

글쓰기 이전에는 현장에 없던 것을
발견하는 것, 바로 거기에 글쓰기의 희열이
있습니다.

———————

아니 에르노

096

추적추적 비 내리는 날이면 떠오르는 얼굴이 있다. 옥정 언니. 삼십 년째 탈성매매 여성들과 용산에서 '막달레나 공동체'를 꾸리고 살아가는 이다. 수년 전 인터뷰이로 만났다. 성정이 대범하나 곰살맞고 품이 넓으나 잔정 넘치는 그에게선 사는 이야기가 판소리처럼 구성지게 흘러나온다. 같이 있으면 많이 웃고 많이 배운다.

옥정 언니는 탈성매매 여성들에게 집밥을 해 주고, 추억을 만들어 주는 활동에 특히 공들였다. 큰마음 먹고 단체로 해외여행을 가기도 하고 사진 강좌를 마련해 전시회를 열어 주기도 했다. 추억담이 많은데 그중 한 토막. 그녀들은 카메라를 들고 다니면서 있는 줄도 몰랐던 문방구나 꽃집 같은 가게가 보이고, 길가의 풀포기나 파란 대낮의 하늘이 눈에 들어온다며 좋아했다고 한다. 그 동네에 오래 살았지만 밤에 다닐 땐 알지 못했던 다른 세상이 열린 것이다.

글쓰기를 공부하는 이들도 말한다. 글쓰기란 과업을 어깨에 메고 다니면 같은 장소에서도 다른 게 보인다고. 지하철 객차에 콩나물처럼 매달린 사람들 표정, 대로변 낡은 간판, 택배 기사의 발걸음 같은 것들. 지나치는 것에 앵글을 걸치고 초점을 맞추고 활자로 찍어 낸다. 카메라의 눈처럼 현장의 발견을 글쓰기가 돕는 것이다.

난 옥정 언니와 인터뷰한 후 용산역에만 가면 포장마차가 낮이고 밤이고 눈에 든다. "비 오는 날 놀러 와. 안주 끝내주는 포장마차에서 '한잔'하자"라는 언니의 말이 환청처럼 귀를 간질인다.

작가가 하는 일은 사람들을 자유롭게 하고
사람들을 흔들어 놓는 일입니다.

수전 손택

097

설치 미술가에게 도제 수업을 받고 있는 한 학생이 스승을 인터뷰한다며 조언을 구했다. 질문지에는 언제 소질을 발견했는지, 작업의 어려움은 무엇인지, 영감은 어떻게 얻는지 등등 열 개 남짓한 문항이 적혀 있었다. 나는 스승에게 작가로서의 자의식을 질문하라고 했다. 자기 작업으로 세상에 전하고 싶은 메시지가 무엇인지, 그 이야기를 들어 보라고.

한 사람이 그냥 일을 한다는 것과 창작자로 산다는 것은 다르다. 글 잘 쓰는 사람이 멋있어 보여서, 악기 메고 다니는 게 폼 나서, 그림을 그리면 남들에게 인정을 받아서 시작할 수는 있어도 계속할 수는 없다. 작가로서의 자의식은 어설픈 제스처 차원이 아니다. 외면의 연기를 넘어선 내면의 요청이다.

왜 글을 쓰는가? 내가 본 진실을 말하고 싶다. 왜 그림을 전시하는가? 힘든 사람들이 그림을 보고 위로를 받으면 좋겠다. 왜 그래피티를 하는가? 규범과 질서로 꽉 짜여 사람들을 구속하는 사회의 틀을 흔들고 싶다. 그간 내가 만난 예술가들에게 들은 얘기다. 소박하든 거창하든 허황되든 겸손하든, 내면의 동기는 한 사람과 그 작품을 이해하는 열쇠가 된다. 창작은 혼자 하는 일, 자문자답의 여정이기 때문이다.

글쓰기 수업 마지막 시간에 학인들에게 말한다. "작가로서 자의식을 가지세요. 나는 왜 무엇을 쓰고 싶은가, 내가 되고자 하는 모습은 무엇인가, 사람들과 무엇을 나누고 싶은가, 사람들에게 어떤 도움을 줄 수 있을까. 그 물음을 어루만지는 동안 아마 계속 쓰게 될 거예요."

칼럼은 편견이다.

김훈

"저는 공교육의 피해자예요." 한 학인이 자기를 소개한다. 이십 대 중반의 옆 사람도 말을 잇는다. "저도 피해자인데요." 웃음이 인다. 얼결에 피해자 모임이 성사됐다. 이들이 주장하는 공교육 피해자 정체성의 핵심은 '정답 강박'이다. 공식과 정답을 외우는 공부에 학창 시절을 다 바쳤다. 글쓰기도 마찬가지. 기성의 이론과 여론을 짜깁기하기에 급급하지 자기 경험과 생각을 배짱 있게 밀고 나가지 못하는 것이다.

자칭 공교육 피해자는 이런 글을 썼다. 냉장고는 자본주의적 욕망의 산물이다. 현대인은 불필요한 소유와 축적을 냉장고 용량을 키우며 해소한다. 이것이 환경 파괴의 주범이며 과소비의 원인이라는 주장을 백과사전식 자료로 풀어 갔다. 사실 첫 문단만 읽어도 결론을 예상할 수 있었다.

그 학인에게 왜 냉장고를 글감으로 택했는지 물었다. 엄마가 냉장고를 자꾸 산다고 했다. 4인 가족 살림에 냉장고 두 대와 김치 냉장고 두 대를 가동시키는 엄마를 이해할 수 없다는 것이다. 난 그 살아 있는 이야기를 글로 쓰라고 했다. 냉장고를 모으는(!) 엄마와 녹색당 당원인 채식주의자 딸의 대립과 갈등. 이얼마나 개인적이면서도 정치적인 글감인가. 사람들이 알고 싶어하는 건 건조한 정답이 아니라 육성이 담긴 질문, 진실을 추구하는 목소리다.

인기 칼럼니스트 권석천 기자는 『정의를 부탁해』에서 칼럼쓰기의 비결을 이렇게 밝혔다. "'칼럼은 편견이다.' 언젠가 읽은 작가 김훈의 한마디가 위안이 되어 주었습니다. 그래, 꼭 정답일 필요는 없어. 어디까지나 내 생각을 보여 주면 돼. 텅 빈 모니터, 깜빡이는 커서 앞에 진실하면 되는 거야. 글이 이끄는 대로 나아가고자 했습니다."

말이 몸에서 흘러나오고, 그 말들을
종이에 새겨 넣는 과정을 느끼는 것이다.
글쓰기는 촉각적인 면을 갖고 있다.
육체적인 경험이다.

———————

폴 오스터

099

"개인적으로 힘든 일을 겪었습니다. 글을 쓰면서 이 문제를 정리하고 돌파하고 싶습니다." 어느 학인이 글쓰기 수업에 참가하고 싶다며 메시지를 남겼다. 두세 줄의 문장에서도 낮은 숨소리가 들려왔다. 글쓰기를 같이 공부하게 됐고, 그는 석 달 후 그 힘든 일을 글로 남겼다. 이별의 일, 사랑의 글. 자신에게 느닷없이 닥친 이별과 그 안에서 뒤척이는 마음을 두 페이지에 정리했다.

'아직 사랑 중.' 제목을 읽는 목소리가 찌르르 떨려 왔다. 곧 울음이 터질 듯 목이 잠겼다. 그런데 그는 울지도 않고 안 울지도 않은 채 글을 완독했다. "사랑을 목발질하며 여기까지 왔구나"라는 기형도의 시구처럼 울음을 목발질하며 끝까지 읽어 낸 것이다. 롤랑 바르트의 『사랑의 단상』을 떠올리게 할 만큼 글의 내용도 섬세하고 치밀했지만, 울먹이는 낭독 덕분에 단어들이 사랑, 사랑, 사랑 하며 떨어지는 빗물처럼 몸을 파고들었다.

'이것은 울먹체다!' 낭독의 감흥에 젖어 나도 모르게 튀어나온 말이다. 사실 눈물의 낭독은 드문 일이 아니다. 상처든 회한이든 고통이든 한 존재에게 사무치는 일을 글로 증언할 때 종종 목격한다. 그리고 '울먹체'로 쓰인 글은 대체로 완성도가 높다. 거짓 없고 성숙하다. '그 사건'을 복기하고 뒤집어 보고 바로 보고 따져 보고 헤아리느라 오래 뒤척인 몸이 빚어낸 글의 위력일 것이다. 좋은 글은 자기 몸을 뚫고 나오고 남의 몸에 스민다.

글쓰기는 누구에게도 할 수 없는 말을
아무에게도 하지 않으면서 동시에
모두에게 하는 행위다.

───────

리베카 솔닛

"비밀 글만 쓰면 글은 늘지 않는다." 글쓰기 책을 내고 '채널 예스'와 인터뷰를 했다. 그 기사에 달린 제목이다. 사실 난 비밀 글 쓰기를 특별히 강조하지 않았다. 처음엔 의아했는데 제목을 잘 뽑았구나 싶다. '말하고 싶지 않음'과 '말하지 않을 수 없음'의 길항에서 좋은 글이 나오는데, 두 마음이 다투다가 비공개 버튼 으로 숨는 경우가 많은 것 같다. 그 비밀 글의 유혹을 벗어나는 것, 세상과 나의 대화가 내가 생각하는 글쓰기의 본령이다.

비공개는 독자가 없는 글이다. 방에 갇혀 혼자 쓰고 혼자 본 다. 끼적이는 기분으로 무엇이든 쏟아 내도 뭐라는 사람이 없다. 생각을 치밀하게 밀고 나가는 번거로움은 피할 수 있다. 나만 보니까. 어떤 사건을 자기중심적으로 재편하기 쉽다. 누가 뭐라 하지 않으니까. 자기의 견고한 틀 안에서 안전하다.

트위터, 페이스북, 블로그, 논문, 기사, 편지 등 대개의 글쓰기 는 공개가 기본값이다. 세상에 내 생각과 의견을 제출하는 일이 다. 자기의 최대치, 생각의 근사치를 표현하려 노력한다. 남이 보니까. 그것은 자기 생각을 검증하는 기회가 된다. 누가 뭐라 하기도 하니까. 다른 의견을 접하고 내가 아는 게 전부가 아님 을 안다. 환대든 적대든 다양한 반응을 겪어야 맷집이 키워지고 글이 성숙해진다. 자기 글에 대한 책임을 배우는 것이다.

글쓰기는 자기중심성을 벗어나 타인의 처지를 고려하는 작업 이다. 나뿐이던 세상에 남이 들어오는 일이다. 그러므로 이렇게 말할 수 있지 않을까. '타인이라는 지옥'을 배제해 버리는 비밀 글은 '글쓰기의 지복'으로 가는 길도 차단한다.

일물일어설一物一語說, 하나의 사물을
나타내는 데 적합한 말은 하나밖에 없다.

———————

귀스타브 플로베르

'참칭'과 '사칭'은 어떻게 다르지? 참칭은 주제넘을 참僭이고, 사칭은 속일 사詐, 일컬을 칭稱이다. 용례를 보면 '왕을 참칭하다', '부동산 업자를 사칭해 사기를 쳤다'가 있겠다. '갈파하다'는 꾸짖을 갈喝, 깨뜨릴 파破. 휴머니즘같이 큰 것을 목적어로 취한다. '휴머니즘을 갈파하다.' 설파하다는 어떤 내용을 듣는 사람이 납득하도록 분명하게 드러내어 말한다는 뜻이다. '애널리스트가 주가 하락을 설파했다.'

사전을 수시로 열어 본다. 원고를 쓸 때는 물론이고, 글을 읽거나 말을 하다가 사전을 찾는다. 비슷비슷해 보이는 유사 단어도 검색한다. 글 쓰다가 적합한 단어가 떠오르지 않으면, 빨간색으로 표시해 놓는다. 최종 퇴고 과정까지 포기하지 않는다. 공사 현장에서 떨어뜨린 나사를 찾는 듯 막막하지만 반드시 있다는 심정으로 글의 문맥을 꽉 조여 주는 최적의 단어를 찾아 헤맨다.

일물일어설은 결정론이 아니라 과정론이다. 황현산은 '단 하나의 표현'을 이렇게 설명했다. "이미 있었던 모든 표현에 첨가되는 또 하나의 표현이 아니라, 인간이 사물을 보는 방식을 바꾸고, 인간과 사물의 관계를 바꾸고, 그래서 끝내는 인생관과 세계관을 바꾸는 말이 된다"라고. 어마어마한 작업처럼 느껴지기도 하지만 좋은 책을 읽다 보면 만나는 고유한 개념 정의가 이에 해당하지 않을까 싶다. 가령 '노동자'란 계속 노동했음에도 여전히 자기 자신 외에는 아무것도 팔 것이 없는 사람이라는 마르크스의 정의 같은 것 말이다. 이런 식의 사전 밖 뜻풀이를 나는 모아 둔다. '엄마성'이란 있는 그대로의 나를 지지하고 허용해 주는 사람이다. '존재'란 과정, 이야기, 대화다 등등. 사전이 어휘력을 기르기 위한 기초편 교재라면 나만의 단어집은 사유와 감각을 기르는 응용편 교재다.

자연은 말을 하고 경험은 통역을 한다.

장 폴 사르트르

일인 출판사를 차리고 첫 책을 낸 출판사 대표와 약속이 잡혔다. 그와 만남을 앞두고 난 그 출판사의 단 한 권의 책을 주문했다. 그는 그 책의 (공)저자이기도 하다. 일독을 하고 나갔다. 말귀를 잘 알아듣고 싶어서다. 겉도는 말은 지루하니까.

어색한 인사를 주고받는데 그가 가방에서 머뭇머뭇 책을 꺼낸다. "저희 책인데요……." 나는 얼른 내 가방에서 똑같은 책을 꺼냈다. 테이블에 똑같은 책이 두 개의 달처럼 둥실 떴다. 그가 내민 책에는 이미 내 이름과 사인이 금박 장식처럼 선명했다.

지나야 비로소 보이는 것들. 전에는 출판사에 다니는 지인이나 저자가 책을 주면 고맙다고 말하면서도 고마움을 몰랐다. 책을 쌓아 놓고 단체 문자처럼 뿌리는 줄 알았다. 책을 내고 보니 그렇지 않았다. 저자가 돈을 주고 사서 준다. 한두 명도 아니고 일일이 챙기려면 부담스럽다. 책을 내미는 행위가 일방적인 구애처럼 구차스럽다. 그래서 누가 자발적으로 책을 사서 읽어 주면 찡하고 고맙다. 그 마음 아니까 나도 아는 사람 책은 산다. 우정의 구매다.

가끔 강연이나 미팅 제안이 온다. 내가 쓴 책을 언급하며 어떻게 읽었고 왜 나와 함께하고 싶은지 나의 언어로 말을 걸어올 때, 마음이 순해진다. 고마워 응한다. 이심전심. 사람 마음 크게 다르지 않아 얼마나 다행인지. 글을 쓸 때도 그렇게, 그의 언어를 떠올린다. 나만 아는 언어가 아니라 이 글을 나누고픈 사람의 언어. 마음 얻기 위함이다. 우정의 글쓰기다.

작가는 감정적으로나 육체적으로나
아주 건강해야 한다.

가브리엘 가르시아 마르케스

103

한강의 연작소설 『채식주의자』는 마지막에 나오는 「작가의 말」까지 눈을 뗄 수가 없었다. 한강은 손가락 관절이 아파서 연작 세 편 중 「채식주의자」와 「몽고반점」은 컴퓨터 대신 손으로 썼다고 한다. 나중에는 손목 통증으로 백지 한 장을 채우기 힘들어졌고, 자포자기 심정으로 2년을 보내다가 볼펜을 거꾸로 잡고 자판을 두드려서 「나무 불꽃」을 썼다는 것이다.

장편소설 집필 노동에 비할 바가 아니지만, 나도 무리해서 원고를 쓰면 입 안이 헐고 손가락 관절이 욱신거린다. 뒷목부터 어깨까지는 상습적으로 뭉쳐 있고 뻣뻣하다. 책 보고 글 쓰는 게 좌식 노동이라 몇 개의 뼈와 근육이 집중적으로 혹사당하는 것 같다. 르포르타주 작업은 몸보다 마음이 힘들다. 성폭력 피해 여성들과 글쓰기 수업을 하고 간첩 조작사건에 연루된 국가폭력 피해자들을 만나고 오면 오래 뒤척이게 된다.

필력은 체력이다. 머리가 맑지 않으면 단어 하나 떠오르지 않고 사실 관계 확인도 귀찮아지니까 단단한 글이 나올 수 없다. 감정의 건강도 챙겨야 한다. 작가는 쓰는 사람이기 전에 듣는 사람이다. 심사가 복잡하면 왜곡해서 듣고 싶은 대로 듣는다. 듣는 귀도 건강에서 온다.

세상이 갈수록 나빠지고 체력도 급속도로 떨어지는 요즘 나는 고민한다. 고통에 납작하게 눌리거나 눈물에 익사당하지 않고 어떻게 척추와 손가락을 지탱하며 쓸 것인가. 한강의 소설이 그랬고, 마음에 쏙 드는 책을 보면 예전엔 문장과 관점이 보였는데 이젠 작가의 체력과 눈물이 보인다. 위대한 작품 뒤엔 위대한 건강이 있다.

글쓰기는 전혀 모르는 사람에게 침묵으로 말을 걸고, 그 이야기는 고독한 독서를 통해 목소리를 되찾고 울려 퍼진다. 그건 글쓰기를 통해 공유되는 고독이 아닐까. 우리 모두는 눈앞의 인간관계보다는 깊은 어딘가에서 홀로 지내는 것이 아닐까?

———

리베카 솔닛

104

책을 내면 부끄럽기도 하고 좋기도 한데, 부끄러운 건 책을 낸 사실 자체이고 좋은 건 모르는 사람과 친구가 된다는 점이다. 『글쓰기의 최전선』은 내게 좋은 친구를 여럿 만들어 주었다. 가령 이런 말을 들려주는 사람들이다. "'생의 감각'이 살아나는 기분이다." "매우 개인적인 동시에 사회적인 글쓰기 책이다." "글쓰기를 배우려다 삶을 배워 버렸네."

독자의 리뷰에서 고독의 연대를 확인한다. 모르는 타인이 내 이야기를 온몸으로 들어 주었고 못다 한 이야기를 알아채 주었다. 한 줄 문장에도 보인다. 책을 쓰면서 내가 지나온 고독의 시간대를 그들도 같이 걸었다는 확신을 주니까 혼자 친해져 버린다. 한번은 페이스북에 긴 쪽지가 남겨져 있었다.

"저는 딸 셋 키우는 서른일곱 신생 여자입니다. 독서 모임을 통해 은유 씨의 『글쓰기의 최전선』을 접하게 되었고 운 좋게 글쓰기 모임도 시작했습니다. 조금씩 저의 서사를 써 가며 새롭게 정체성을 구축해 나가며 시나브로 색다른 생의 환희를 맛보느라 신나 있습니다."

이건 더 구체적인 우정의 고백이다. '신생 여자'라는 표현이 신선하다는 내 말에 그는 "비로소 있는 그대로의 저를, 여자인 저를 사랑하게 되었습니다"라고 응답했다. 아, 이 벅찬 느낌이란. 애초에 나도 어떤 글에 마음이 동해서 글을 썼고 꾸준히 목소리를 내면서 나를 알아 갔다. 그 여정을 기록한 글이 또 누군가에게 글쓰기를 동하게 하고 자기를 인정하게 했다니 신비로운 것이다.

이런 영향 관계로 연결된 나는 더 좋은 글을 쓰고 싶어 안달이 난다. 지구본 위에 어디쯤 한 점으로 놓여 글을 쓰고 있는 사람들이 연결되는 상상을 한다. 서로가 보내는 고독의 신호를 읽어 내는 우정의 공동체다.

"

"

쓰기의 말들
: 안 쓰는 사람이 쓰는 사람이 되는 기적을 위하여

2016년 8월 4일　　초판 1쇄 발행
2024년 10월 4일　　초판 23쇄 발행

지은이
은유

펴낸이	**펴낸곳**	**등록**
조성웅	도서출판 유유	제406-2010-000032호(2010년 4월 2일)

주소
경기도 파주시 돌곶이길 180-38, 2층 (우편번호 10881)

전화	**팩스**	**홈페이지**	**전자우편**
031-946-6869	0303-3444-4645	uupress.co.kr	uupress@gmail.com

	페이스북	**트위터**	**인스타그램**
	www.facebook .com/uupress	www.twitter .com/uu_press	www.instagram .com/uupress

편집	**디자인**	**마케팅**
이경민	이기준	전민영

제작	**인쇄**	**제책**	**물류**
제이오	(주)민언프린텍	라정문화사	책과일터

ISBN 979-11-85152-51-6 03800